KB246142

FUSION FANTASTIC STORY

차원 정복자 1

SLV 장편 소설

차원정복자 1

SLV 장편 소설

초판 1쇄 찍은 날 § 2013년 10월 14일
초판 1쇄 펴낸 날 § 2013년 10월 21일

지은이 § SLV
펴낸이 § 서경석

편집부장 § 권태완
편집책임 § 박은정

펴낸곳 § 도서출판 청어람
등록번호 § 제1081-1-89호
등록일자 § 1999. 5. 31
어람번호 § 제1-1689호

주소 § 경기도 부천시 원미구 심곡2동 163-2 서경B/D 3F (우) 420-822
전화 § 032-656-4452 팩스 § 032-656-4453
http://www.chungeoram.com
E-mail § chungeorambook@daum.net

ⓒ SLV, 2013

ISBN 978-89-251-3513-7 04810
ISBN 978-89-251-3512-0 (세트)

※ 파본은 구입하신 서점에서 교환하여 드립니다.
※ 저자와 협의하여 인지를 붙이지 않습니다.
※ 이 책은 도서출판 청어람과 저작자의 계약에 의해 출판된 것이므로,
　무단 전재 및 유포·공유를 금합니다.

차원 정복자

FUSION FANTASTIC STORY

SLV 장편 소설

1

청어람

CONTENTS

차원
정복자

서장

너희는 지구를 건드리지 말았어야 했다.
이제 지구는 너희에게 지옥이라고 불리리라.

1장
제5차 차원정복전쟁 계획

〈제5차 차원정복전쟁 작전 계획서〉

　블랙드래곤 군단의 군단장 보좌 가우스는 전달된 문서의
맨 앞에 적힌 문구를 본 순간 피가 끓어오르는 것을 느꼈다.
　군 입대 후 줄곧 이날만을 기다려 왔다. 드디어 이 거대한
전쟁이 시작되는 것이란 말인가.
　가우스는 이 문서가 제국 상층부에서 내려온 것이 틀림없
다는 것을 확인하고는 지체없이 문서를 들고 자신의 상관인
군단장 마커스의 집무실로 향했다.

"군단장님, 가우스입니다."

"들어오라."

집무실 안으로 들어간 가우스는 짧은 검정 머리에 날카로운 인상의 중년 남자 마커스에게 고개를 숙였다.

자신의 자리에 앉아 차를 마시고 있던 마커스는 가우스가 들고 있는 문서를 보고는 빙그레 웃었다.

"자네가 들고 있는 것을 보니 드디어 결정이 난 모양이로군."

"그런 것 같습니다."

"자세히 읽어봐야겠으니 자네는 거기 앉아서 기다리도록."

가우스는 마커스에게 문서를 넘겨준 뒤 손님용 소파에 조심스레 앉았다.

집무실에서 대기하고 있던 하녀가 가우스에게 차를 내왔다.

찻잔에 김이 펄펄 솟아오르는 뜨거운 차였다. 하지만 하녀가 찻잔을 접시에 받쳐 들고 작게 속삭이자 약간의 변화가 생겼다.

찻잔 주위에 냉기가 감도는가 싶더니 이내 찻물이 순식간에 식으며 마침내는 찻잔 위에 살얼음이 뜬 차가운 얼음차가 되어버린 것이다.

차가운 차를 좋아하는 가우스의 입맛을 알고 있는 하녀인 지라 이렇게 마법으로 차를 식히는 조금의 수고로움을 감수한 것이다.

"여기 있습니다."

하녀가 내민 찻잔을 받아 든 가우스는 차를 한 모금 마시고는 웃으며 말했다.

"마법 실력이 늘었구나. 차를 끓이는 실력도 늘었고 말이다."

"감사합니다."

하녀는 별일 아니라는 듯 다소곳이 고개를 숙였다. 사실 차를 끓이거나 마법으로 차를 식히는 것은 정말 별일이 아니기도 했다.

지금은 바야흐로 마법 혁명이 가져다준 마법의 시대다.

마법 혁명으로 가우스 같은 엘리트 마법사뿐만 아니라 마법대학의 문도 구경해 보지 못한 일개 하녀조차 실생활에서 마법을 쓸 수 있게 되었다.

덕분에 하녀가 마법으로 차를 식히는 일 정도는 이 군부의 집무실뿐만 아니라 대륙 어디에서나 흔하게 볼 수 있는 일이 된 것이다.

가우스는 일개 하녀마저도 마법을 쓰게 만든 마법 혁명에 감사하며 차를 들었다.

살얼음이 낀 차의 냉기가 입안을 서늘하게 식혀주는 느낌이 좋았다.

가우스는 천천히 차를 마시며 마커스가 문서를 다 읽기만을 기다렸다.

"결국 이렇게 되었군."

문서를 다 읽은 마커스가 문서를 접으며 중얼거렸다.

가우스는 차를 내려놓고 재빨리 자리에서 일어나 마커스 앞에 섰다.

"정말 차원정복전쟁이 확정된 겁니까?"

"그래. 폐하께서 최종적으로 결정을 하시면 바로 준비를 시작해서 최대한 빠른 시간 내에 차원정복전쟁을 시작할 것이다."

차원정복전쟁.

그 말을 들은 가우스의 머릿속에 역사책의 한 구절이 떠올랐다.

마법이 융성하던 레넌 제국의 대륙 통일로 대륙 전체에 마법이 융성해졌고, '인간이라면 귀족이든 평민이든 모두 마법을 쓸 수 있어야 한다'고 주장한 안데르크가 일으킨 마법 혁명으로 인해 대륙인이라면 귀천을 가리지 않고 누구나 마법을 쓰게 되었다.

이 두 사건이야말로 지금의 마법 황금기를 불러왔으며, 이 황금기를 유지시키기 위해 일어난 것이 차원정복전쟁…….

레넌 제국은 일명 마법제국이라 불릴 만큼 마법이 융성한 국가였다.

그 레넌 제국이 대륙을 통일한 이후 마법이라는 학문은 발전을 거듭해 왔다.

마침내 훗날 마법 혁명이라 불리게 될 기술이 발명되면서 이전까지와는 차원이 다른 혁신적인 발전을 이룩하게 되었다.

마법 혁명의 시작은 대마법사 안데르크가 오리하르콘을 비롯한 마법의 성질을 띠는 광물에서 마나를 뽑아내는 기술을 발명함으로써 시작되었다.

이 기술을 이용하면 어떤 사물이든 손쉽게 마법의 힘을 부과하는 것이 가능했다.

인공적으로 뽑아낸 마나를 사물에 주입한 뒤 적당한 마법만 걸어주면 사람이 직접 사물에 마법을 거는 것보다도 훨씬 손쉽게 마법의 힘을 부여할 수 있었다.

그리고 마법 금속에서 마나를 뽑아내고 사물에 마법의 힘을 주입하는 기술이 발견된 지 불과 몇 년 후, 안데르크는 마법을 쓰지 못하는 사람에게 마나를 주입해 손쉽게 마법사로 만드는 기술까지 개발하면서 또 한 번의 혁명을 이루었다.

안데르크는 대륙인은 누구든 마법을 쓸 수 있어야 한다고 주장하며 자신이 개발한 혁명적인 기술을 대륙 전체에 뿌렸다.

이로 인해 극소수 마법사만의 전유물이었던 마법이라는 학문은 제국의 인간이라면 누구나 쓸 수 있는 흔한 기술이 되어 퍼져 나갔다.

사람들은 이 혁명적인 기술과 이 기술이 가져다준 여러 가지 발전을 통틀어 마법 혁명이라고 부르게 되었다.

마법 혁명.

그것은 진실로 혁명이라는 표현에 부족함이 없었다.

마법 혁명이 일어난 지 불과 수십 년 만에 제국에서는 일개 농부나 하녀까지도 마법사가 되어 실생활에서 이런저런 마법을 쓸 수준에 이르렀다.

이제 제국에서는 '글을 모르는 것은 인간으로서 부끄러운 일이 아니지만 마법을 쓸 줄 모르는 것은 인간으로서 부끄러운 일이다' 라는 말까지 나올 정도였다.

마법 혁명은 대륙을 통일한 레넌 제국에 엄청난 번영을 가져다주었다.

이 모든 번영은 마법 혁명의 동력원인 오리하르콘을 비롯한 마법 금속에 달려 있었다.

하지만 불행하게도 마법 금속의 매장량은 무한한 것이 아니었다.

거기에다 마나가 뽑힌 마법 금속은 평범한 쇳덩어리만도 못한 쓸모없는 금속이 되어버렸고, 일회용으로써 한 번 사용하면 그것으로 끝이었다.

그럼에도 불구하고 대륙의 모든 사람이 마법을 쓰게 되면서 마법 금속의 수요는 하루가 다르게 늘어만 갔다.

결국 마법 혁명이 일어난 지 백 년도 되지 않아 그날이 찾아왔다.

마법 금속의 공급이 수요를 따라가지 못하고, 그나마 대륙 곳곳에 매장되어 있던 마법 금속이 바닥나기 시작한 날 말이다.

마법 금속의 매장량이 바닥을 보이기 시작하면서 레넌 제국은 선택의 기로에 놓였다.

마법 금속의 소비를 줄이거나 중단함으로써 지금껏 마법 혁명이 가져다주었던 번영을 포기하느냐, 아니면 번영을 유지하기 위해 제국령의 마법 금속만을 채굴하는 것이 아닌, 또 다른 방법을 찾느냐.

제국의 입장에서는 마법으로 쌓아 올린 번영을 포기할 수 없었다.

결국 제국은 번영을 유지하기 위해 다른 방법을 찾기로 했다. 우선 제국은 대륙에서 제국령이 아닌 땅, 곧 다른 종족의 영토로 눈을 돌렸다.

레넌 제국이 대륙을 통일했다지만 어디까지나 인간의 영토에 한정된 것.

제국에 복속되지 않은 땅은 많았고, 그 가운데 마법 금속의 매장지도 분명 존재했던 것이다.

그렇게 시작된 제국과 이종족의 전쟁은 제국의 승리로 끝났다.

드워프를 비롯한 몇 종족은 멸종당하고 엘프나 드래곤같이 멸종을 피한 종족들도 제국에 굴복, 혹은 협상을 거쳐 마법 금속이 없는 영토로 거주지를 옮기는 것으로 마무리되었다.

하지만 제국의 승리도 영원한 것이 아니었다.

이종족을 몰아내고 차지한 마법 금속도 무한하지는 않았다.

수십 년 만에 새로이 찾아낸 마법 금속의 매장량도 바닥을 보이기 시작한 것이다.

더 이상 대륙 안에서는 새로운 마법 금속의 매장지를 찾을 수가 없었다.

하지만 제국에서는 마법 금속의 채굴을 중단하고 지금의 번영을 포기하는 대신 또 다른 방법을 택했다.

다른 세계, 즉 다른 차원이라는 이름의 신천지로 눈을 돌린 것이다.

마법 혁명 때 발견되고 발전한 차원의 문을 통해 다른 차원에 존재하는 세계를 침공해 정복하고 그곳의 문물과 자원을 이용해 제국의 번영을 유지하자는 것이었다.

그렇게 시작된 것이 차원정복전쟁이다.

약 80년 전 최초의 차원정복전쟁이 벌어진 이래 지금까지 총 네 번의 차원정복전쟁이 있었다.

손쉬운 전쟁도, 힘겨운 전쟁도 있었지만 그래도 제국은 네 번의 차원정복전쟁에서 모두 승리를 거둠으로써 번영을 유지해 왔다. 그리고 이제 다섯 번째 전쟁이 시작되려 하고 있었다.

"차원정복전쟁은 제국의 번영을 위해 필요한 것이고 또 항상 제국이 승리해 왔다. 이번 차원정복전쟁 계획 역시 무효가 될 가능성은 거의 없을 것이다."

마커스의 말에 가우스는 현실로 되돌아왔다.

"그렇군요. 그러면 저는?"

"자네는 분명 이번 차원전쟁계획에 대해 조사를 하고 또 공부를 했지."

"네."

차원정복전쟁은 제국에서도 가장 중요한 사업이다.

이제 겨우 스무 살의 풋내기 군단장 보좌인 가우스가 그 중요한 차원정복전쟁의 계획을 짜는 일에 직접 관여할 수는 없었다.

대신 가우스는 시간이 허락하는 대로 차근차근 수립되어가는 계획을 공부함으로써 차원정복전쟁의 계획을 훤히 꿰게 되었다.

물론 가우스가 차원정복전쟁이라는 대사업을 훤히 꿰게 된 것도 마커스가 여러 가지로 봐주었기에 가능한 일이다.

가우스를 잠시 바라보던 마커스가 말했다.

"그렇다면 자네가 한번 발표해 봐."

"네?"

"조만간 심판호에서 차원정복전쟁 회의가 열린다. 우리 군단의 고위 간부들, 다른 군단의 고위 간부들, 황실 관리와 친위대도 여럿 참석하는 회의지. 잘만 하면 자네에게도 좋은 기회가 될 테니까."

가우스는 마커스의 말뜻을 바로 알아들었다.

마커스가 말한 일을 잘해내면 가우스는 제국의 높으신 분들에게 제대로 얼굴도장을 찍는 것이다.

그리고 이 중요한 일을 맡긴다는 것은 그만큼 마커스가 자신을 믿고 있다는 말이기도 했다.

가우스는 망설임없이 고개를 끄덕였다.

"네, 해보겠습니다."

그렇지 않아도 스무 살이라는 어린 나이로 하루아침에 군단장 보좌로 임명되어 입지가 불안하던 가우스로서는 놓칠 수 없는 기회였다.

"그래, 날 실망시키지 말도록."

"명심하겠습니다, 군단장님."

2장

5세계라는 이름의 신천지를 향하여

심판호는 블랙드래곤 군단의 상징이자 그 자체가 군단을 움직이는 본부이다.

물 위는 물론 마법동력기관을 이용해 하늘 위까지 떠다닐 수 있는 공중 전함.

보통 전함보다 두 배는 거대한 함선이 하늘을 떠다니는 광경은 몇 번을 봐도 변치 않는 경이로움이 있었다.

심판호에 마련된 회의실에 사람들이 하나둘 모여들기 시작했다.

블랙드래곤 군단의 고위 간부들, 다른 군단에서 파견 나온 간부들, 심지어 황실의 관리와 황제의 친위대 소속 군관도 여럿 보였다.

그 한가운데에 가우스가 있었다.

가우스는 자기를 둘러싸듯 앉은 고관대작들을 조심스럽게 살펴보았다.

자신 같은 풋내기 군관 따위는 손짓 한 번으로 끝장낼 수 있는 사람도 여럿 보였다.

긴장해야 한다. 하지만 지나치게 긴장하다 실수라도 하면 그게 더 문제다.

침착하게 가야 한다. 사정을 대강 파악하고 있는 블랙드래곤 군단이나 다른 군단 간부들보다는 황실의 관리와 친위대 군관들에게 어필해야 한다.

가우스는 새삼 몰려오는 긴장감을 가라앉히려 노력하며 목소리를 가다듬고는 이야기를 시작했다.

"이번 제5차 차원정복전쟁의 목표가 될 차원, 일명 '제5세계'의 모습입니다."

가우스가 손가락을 퉁기자 허공에 반투명한 유리판 같은 것이 나타났다.

정사각형에 한 사람이 들어가고도 남을 정도로 거대하지만 종이 한 장보다도 얇아 보이는 유리판의 정체는 마법 액자였다.

마법 액자는 마법의 힘으로 풍경이나 정물을 보여 주는 것으로써 이렇게 거대한 마법 액자는 가우스처럼 상당한 실력을 가진 마법사만이 만들 수 있는 것이다.

가우스가 만든 마법 액자에 푸른 숲과 갈색 대지, 파란 바다 등의 모습이 비쳤다.

모르는 사람이 보면 레넌 제국 어딘가의 모습이라 생각할 만한 풍경이다.

"보시는 바와 같이 이 5세계는 우리 세계와 비슷한 풍경을 하고 있습니다. 전체적으로 우리 레넌 제국과 비슷한 수준의 자연 환경인 것으로 추정됩니다. 그리고 가장 중요한 마법 금속의 매장량은… 한마디로 말씀드리자면 매우 풍부합니다. 비행안이 측정한 수치로 예상해 보건대 이 제5세계는 지금껏 제국에서 점령해 왔던 그 어떤 차원보다도 더 많은 마법 금속이 매장된 세계임에 틀림없습니다."

가우스의 말이 끝나자 모두들 웅성거리기 시작했다.

마법 금속은 제국 번영의 주동력이자 차원정복전쟁의 가장 큰 이유.

즉, 이 차원정복전쟁을 성공적으로 수행한다면 지금까지의 차원정복전쟁보다도 더 큰 성과를 거둘 수 있다는 뜻이다.

잠시 후, 웅성거림이 잦아들면서 자기들끼리 의논하던 황실 관리 중 한 명이 물어왔다.

"그 차원에는 어떤 종족이 살고 있는가? 또 수준은 어느 정도인가?"

이것은 예상할 수 있는 가장 기본적인 질문이다.

가우스는 목소리를 가다듬고 여유 있게 대답했다.

"아마도 지금은 멸종한 드워프라는 종족에 비교할 수 있을 것 같습니다. 우선 이것을 봐주십시오."

마법 액자에 자그마한 직사각형 장난감 같은 것들을 빽빽하게 세워둔 듯한 풍경이 비쳤다.

모두들 이 풍경은 제국의 관찰 기구인 비행안이 하늘을 날면서 본 광경을 그대로 옮겨온 것이라는 것을 알고 있다.

하늘에서 본 풍경이 저렇다면 실제로는 아마…….

"저 차원의 종족들이 만든 도시인가?"

질문에 가우스는 고개를 끄덕였다.

"네. 비행안의 성능상 이 정도가 한계입니다만 그래도 이것만으로도 충분히 알아낼 수가 있었습니다. 한마디로 이 차원을 지배하고 있는 종족들의 건축 기술은 굉장한 수준입니다. 높이가 수십 미터는 되는 건물들, 그것도 한둘도 아니고 수십, 수백을 쌓아 도시를 구성했을 정도니까요. 그리고 이 정도 건축 기술을 갖추었다면 다른 문물 또한 뛰어난 편이라고 생각하는 게 옳겠지요."

모두들 동의하는 가운데 이번에는 황실 친위대의 군관이

질문을 던졌다.

"그 정도의 문물을 갖춘 종족이라면 전쟁 상대로 삼는 것이 위험하지 않을까?"

이 또한 당연히 나올 질문이다. 가우스는 거침없이 대답했다.

"다행히도 마법의 신 크로닉께서 이번에도 우리 편을 들어주셨습니다. 마법 금속의 매장량은 무척이나 풍부한 것으로 보이지만 반대로 마나의 흐름을 비롯한 마법이 사용된 흔적은 조금도 감지되지 않았습니다."

"그렇다면?"

"네. 이 세계의 건축 기술은 상당히 발전한 것으로 보입니다만, 마법은 발전하지 못한 곳임에 틀림없습니다. 아니, 이 세계의 종족은 마법이라는 것의 존재 자체를 모르는 것으로 보입니다. 그렇지 않고서야 이렇게 마법 금속의 매장량이 풍부한데 마법을 사용한 흔적이 전무할 수는 없으니까요."

가우스의 말이 무엇을 의미하는지 모두들 알고 있다.

지금껏 제국에서는 문명 자체는 발달했지만 마법에 대해 무지한 종족을 여럿 겪어보았다.

이 대륙의 패권을 두고 다투었던 드워프 족, 그리고 제2차 차원정복전쟁 당시 마주쳤던 코볼트 족⋯⋯.

모두들 나름대로 발전한 문명을 가지고 제국에 맞섰지만

아무리 발전한 기술로 만든 창칼이나 활, 공성장비도 마법부대의 적수가 되지 못했다.

때문에 드워프 족은 멸종했고, 코볼트 족은 제국의 노예로 전락했으며, 그들이 가진 것은 모두 제국의 것이 되었다.

아마 저 제5세계도 마찬가지일 것이다.

나름대로 문물이 발전했어도 끝내 제국의 마법을 당해낼 수 없을 것이며, 따라서 이 전쟁은 위험은 적고 얻어낼 것은 많은 전쟁이 될 것이다. 그렇다면 이 제5차 차원정복전쟁을 반대할 이유가 없었다.

"그렇다면 해볼 만하지 않은가?"

"저렇게 마법 금속이 풍부한 차원이라면 전쟁할 가치가 있겠지."

점점 회의실의 분위기가 호의적으로 돌아가자 가우스는 속으로 쾌재를 불렀다.

*   *   *

회의실에서 발표를 성공적으로 마친 뒤 며칠 후, 가우스는 황제 폐하께서 제5차 차원정복전쟁을 윤허하셨다는 소식을 들었다.

소식을 듣기 무섭게 가우스는 마커스에게 달려갔다.

"군단장님."

"그래, 바로 전쟁 준비를 시작할 것이다. 이달 말까지 모든 준비를 마쳐야 하니 자네도 맡은 일에 만전을 기하도록."

"알겠습니다."

벅찬 표정을 감추지 못하는 가우스를 바라보며 마커스도 감회에 찬 표정을 지었다.

"34년만의 차원정복전쟁이다. 그립구만. 지난 차원정복전쟁 때는 나도 딱 자네 같았지. 당시 군단장이시던 세피로스님의 보좌관이었거든. 물론 그때의 나는 지금의 자네보다 몇 살 위이기는 했지만 말이야. 지금 내가 무슨 말을 하는지 알겠나?"

"네, 군단장님."

"그래, 이번 전쟁에서 자네 능력을 증명해 보이도록. 나는 자네가 평민이든 귀족이든 신경 쓰지 않아. 그리고 전쟁에서 자네 능력을 증명한다면 다른 사람들도 인정할 거야. 전쟁에서 자네 능력을 증명하고 하늘 높이 날아보라는 말이야. 알겠나?"

마커스가 무슨 소리를 하는지 가우스는 잘 알고 있다.

아직 스무 살에 불과한 자신이 블랙드래곤 군단의 군단장 보좌가 된 것은 전례가 없는 일이다.

이 블랙드래곤 군단은 소수 정예의 마법전사들로 구성된

군단으로써 차원정복전쟁의 선봉에서 수많은 활약을 펼쳐온 전설적인 부대.

아무리 가우스가 마법대학을 수석으로 졸업한 천재 마법 전사라고 해도 단숨에 블랙드래곤 군단의 군단장 보좌가 된 것은 말이 많을 수밖에 없었다.

가우스도 자신을 향해 말이 많다는 것을 잘 알고 있다. 아무런 배경도 없는 자신이 오직 자신의 능력과 윗분들의 눈에 들어 이 자리에 올랐다.

빨리 올라온 만큼 조금만 삐끗해도 순식간에 미끄러져 버릴 것이다.

자신이 할 수 있는 것은 능력과 성과로 자신의 가치를 입증하는 것뿐이다.

그리고 자신의 가치를 입증하는 가장 확실한 방법은 이 전쟁에서 공을 세우는 것이리라.

새삼 가우스는 각오를 새로이 했다.

이 차원정복전쟁, 제국을 위해서, 또 자신을 위해서 반드시 큰 공을 세우고 말겠다고.

*   *   *

한 달 후. 만반의 준비를 마친 블랙드래곤 군단은 마침내

5세계를 정복하기 위한 전쟁, 제5차 차원정복전쟁의 막을 올렸다.

심판호를 비롯한 스무 척의 공중 전함이 선봉군으로 투입되어 전진기지를 구축한 뒤 실버 드래곤, 레드 드래곤 등 다른 군단과 함께 마침내는 5세계를 완전히 정복하는 계획이다.

스무 척이나 되는 공중 전함이 진형을 갖춘 채 하늘에 떠 있는 광경은 실로 장관이었다.

그 장관의 중심에 있는 심판호의 함장실에서 블랙드래곤 군단의 군단장이자 심판호의 함장인 마커스가 부대를 점검하는 참이다.

"그럼… 가우스."

"네, 군단장님."

가우스는 함장실 곳곳에 놓여 있는 수정 구슬을 건드리며 짧게 주문을 외웠다.

가우스의 손이 닿자 수정 구슬들은 희미하게 빛을 발하며 희미한 둥근 형상이 나타나더니 마침내 사람 얼굴이 떠올랐다.

제국에서 통신용으로 애용되는 수정 구슬은 심판호 곳곳에 깔아놓아 함장이 함장실 안에서 배 안 사정을 파악할 수 있도록 하고 있었다.

수정 구슬에 떠오른 얼굴들은 이 심판호의 조종을 맡고 있는 장교들과 함대의 다른 함선 함장들이었다.

마커스는 수정 구슬에 떠오른 얼굴들에게 물었다.

"배 상태는 어떤가?"

─완벽합니다.

"오리하르콘은 충분한가?"

─네. 전 함대의 오리하르콘을 확인했습니다.

"메테오는 준비되었나?"

─언제든 시전할 수 있습니다.

"차원의 문은 준비되었나?"

─모든 준비가 완료되었습니다.

확인할 것을 다 확인한 마커스는 흡족하게 웃으며 명령을 내렸다.

"그럼 시작하도록."

그러면서 마커스는 자리에서 일어섰다.

"가서 보도록 하지. 메테오가 시전되는 광경은 자주 볼 수 있는 게 아니니까."

"알겠습니다."

마커스, 가우스, 그리고 군단병들은 갑판으로 나갔다. 갑판에서는 열 명가량의 마법사가 둥글게 모여 선 채로 주문을 외는 데 한창이었다.

심판호뿐만이 아니었다. 함대의 모든 전함의 갑판에 마법사들이 몇 명씩 나와 주문을 외우고 있었다.

모두 합치면 백 명도 넘는 마법사, 그것도 제국에서 골라 뽑은 정예들이 한꺼번에 시전해야만 하는 강력한 마법.

그것이 메테오였다.

메테오의 준비가 끝나간다는 것을 알아본 마커스는 가우스에게 명령을 내렸다.

"차원의 문을 열도록."

"네."

가우스가 손가락으로 하늘을 가리켰다. 그의 손끝에서 뻗어 나온 빛의 줄기는 함대의 다른 전함은 물론 지상에서도 알아볼 수 있었다.

그것이 신호가 되어 함대의 모든 전함이 일제히 진동하기 시작했고, 마침내 요란한 굉음과 함께 모든 전함의 뱃머리에서 무형의 기운이 뿜겨져 나와 공중의 한 지점을 관통했다.

잠시 후, 그 지점에서 말 그대로 하늘에 거대한 구멍이 뚫렸다.

전함 여러 척이 동시에 지나갈 수 있을 만한 거대한 구멍 안으로 예전에 가우스가 심판호에서 마법 액자로 보여준 광경이 비쳤다.

바로 제5차 차원정복전쟁의 전장이 될 5세계의 도시 풍경이었다.

모든 전함이 힘을 합쳐 거대한 차원의 문을 연 것이다.

차원의 문은 2단계로 구성되어 있다.

다른 차원의 풍경을 관찰할 수 있고 마나를 통과시켜 다른 차원에 마법적인 영향을 끼칠 수 있는 1단계.

그리고 생명체나 사물을 직접 통과하여 다른 차원으로 넘어갈 수 있는 2단계.

지금 열린 차원의 문은 1단계였다.

1단계 차원의 문을 통해 다른 차원의 세계를 관찰하면서 대대적인 마법 공격을 퍼붓고 이후 함대가 가서 정복하는 것.

이것이 지난 네 번의 차원정복전쟁을 통해 레넌 제국이 개발한 가장 효과적인 도시 점령 전술이다.

차원의 문을 통해 비치는 제5세계는 자신들에게 닥쳐올 운명을 모르고 꽤나 평화로워 보였다.

저기에 사는 종족들이 자신들의 세계를 어떻게 부르는지는 모른다.

분명한 것은 이제 저곳은 제국의 마법 앞에 무릎을 꿇으리라는 사실이다.

차원의 문이 성공적으로 열렸음을 확인한 마커스가 큰 소리로 외쳤다.

"메테오를 시전하라!"

명령이 떨어지자 먼저 심판호의 갑판에 있던 마법사들이 동시에 양팔을 펼쳤다.

그들이 형성하고 있던 원의 중심에서 커다란 빛의 구체가 하늘 높이 치솟았다.

이어 다른 전함에서도 마찬가지로 빛의 구체가 솟아올랐고, 그것들은 모두 합쳐져 거의 전함만 한 크기의 거대한 빛의 구체가 되었다.

그리고 빛의 구체는 차원의 문으로 들어갔다. 그러자 차원의 문 저편으로 보이는 5세계의 하늘이 붉게 물들어가는 게 보였다.

그 광경을 보며 마커스가 가우스에게 말했다.

"두어 시간은 걸리겠지?"

"네."

"과연 저 마법이 뭔지도 모르는 야만 종족들이 메테오의 존재를 알아볼 수 있을까."

메테오는 공격 마법 중에서도 가장 강력한 마법 중 하나다. 하지만 시전한 뒤 마법의 효과가 나타나기까지 오랜 시간이 걸리는 단점이 있었다.

마법에 대해 아는 자라면 효과가 나타나기 전에 대비를 하거나 하다못해 앞으로의 재앙을 눈치채고 도망갈 것이다.

그렇게 되어도 메테오의 시전 시간을 줄일 수는 없으니 마법에 대해 아는 자를 상대하는 데는 사실상 무용지물이었다.

그런 경우라면 메테오 마법은 인마 살상용으로는 쓸 수 없고 그저 성이나 집처럼 움직일 수 없는 사물을 파괴하는 데나 쓸 수 있을 뿐이다.

하지만 제5세계에서는 아무런 반응도 돌아오지 않았다.

하늘 높이에서 보는 거라 자세히는 알 수 없지만 마법을 방해하려는 것도, 하다못해 곧 펼쳐질 재앙에서 벗어나기 위해 도망치는 것 같지도 않았다.

몇 시간 후,

핏빛처럼 붉게 물들었던 하늘이 요동치기 시작했다. 함대의 모든 이는 마침내 때가 왔음을 알았다.

"심판의 시간이다."

마커스가 중얼거렸다.

3장
심판이라는 이름의 침략

2028년의 대한민국 상황을 두 글자로 요약하면 이렇다.

혼란.

2021년 북한 정권의 내분으로 인한 군사 쿠데타와 그로 인한 북한 정권의 붕괴.

이후 중국이나 러시아 같은 강대국이 개입하기 이전에 남한이 재빠르게 나서서 북한 영토를 흡수하는 형태로 통일 대한민국이 탄생했다.

하지만 갑작스럽게 이뤄진 통일은 한반도에 밝고 찬란한 미래보다는 혼란을 먼저 가져다주었다.

준비가 덜 된 상황에서 갑작스레 통일이 된 탓에 북한 영토와 사회를 흡수해 나가는 과정에서 숱한 부작용과 혼란이 대한민국을 덮쳐온 것이다.

극심한 빈부 격차.

하루가 다르게 올라가는 실업률과 범죄율.

영호남 지역 갈등을 아득히 넘어선 남북 간의 지역 갈등.

대한민국 정부를 인정하지 못하고 다시 과거의 권력을 꿈꾸는 구 북한 정치 세력의 암약까지.

'우리의 소원이자 꿈에도 소원'을 이룬 통일 대한민국의 미래는 지금으로써는 그다지 밝아 보이지 않는 게 현실이었다.

하지만 이 혼란스러운 세상에서도 행복한 삶을 영위하는 행운아들은 있게 마련이다.

이유석도 그 행운아에 속하는 한 사람이었다.

"유석아! 여기야!"

약속 장소에서 먼저 기다리고 있던 하나가 유석을 발견하고는 손을 흔들었다.

하나는 유석과 동갑내기의 직장 동료이자 여자 친구이다.

대학을 단숨에 합격하고 군대를 다녀와 취직한 유석과 삼수까지 한 하나는 어떻게 동갑내기 직장 동기가 되어 가까워지다 이렇게 사내 커플 관계로까지 발전한 것이다.

양쪽 모두 부모님 유전자를 잘 물려받았는지 미남 미녀 소리를 들었다.

이 혼란스러운 나라에서 번듯한 직장을 가진 미남 미녀 커플.

물론 본인들의 노력도 있었지만 축복받은 운명이라는 표현이 맞을 것이다.

"웬일로 꽃단장을 했네?"

예쁘장한 원피스 차림의 하나를 살펴보던 유석이 장난스럽게 물었다.

뿐만 아니라 화장부터 액세서리까지 평소보다 하나가 좀 더 치장에 신경을 쓴 것은 의심의 여지가 없었다.

하나도 당연하다는 듯이 말했다.

"너의 부모님 만나는데 이 정도는 해야지."

"그렇게 신경 쓰지 않아도 괜찮은데……."

"괜찮기는. 처음 만나는 자리잖아. 다음에 우리 부모님 만날 때는 네가 제대로 입고 와야 해. 이렇게 티셔츠에 청바지 입고 오면 나한테 혼날 줄 알아."

"네네, 알겠습니다."

유석은 하나의 이야기에 웃으며 그녀의 손을 잡고 두 번째 약속 장소로 향했다.

약속 장소는 도시 풍경이 훤히 내려다보이는 스카이라운

지의 고급 레스토랑이었다.

경제가 어렵니 어쩌니 해도 잘사는 사람은 다 잘사는 법이라 상당히 비싼 레스토랑에 그것도 점심시간인데도 사람들이 북적였다.

미리 예약을 한 덕분에 두 사람은 바깥 경치가 잘 보이는 좋은 자리에 앉을 수 있었다.

둘이 자리에 앉은 지 얼마 지나지 않아 유석 부모님이 모습을 드러냈다.

하나와 부모님이 처음으로 대면하는 순간이다.

"아버지, 어머니, 제가 사귀고 있는 하나예요."

"안녕하세요. 하나라고 합니다."

유석은 긴장을 감추지 못한 채 부모님의 반응을 살폈다. 하나도 잔뜩 긴장을 했는지 평소보다 목소리가 더 떨렸다.

그러나 그 둘의 걱정과 달리 유석의 부모님은 하나를 반갑게 맞아주었다.

"우리 유석이랑 사귀는 사이라고 했나?"

"어머, 곱기도 해라. 그렇게 같이 앉아 있으니 정말 보기 좋구나."

유석 어머니는 하나의 손을 꼭 붙잡아주었다. 아버지도 흡족한 표정이다.

다행히 아버지도 어머니도 하나를 마음에 들어 하는 것 같왔다.

유석은 속으로 안도의 한숨을 내쉬었다.

"참 살다 살다 아들 여자 친구를 다 보게 될 줄이야. 오래 살고 볼 일이야. 그렇지?"

"누가 아니래요? 말이야 바른 말이지 애가 언제 여자 친구라고 데려온 적이 있나, 하다못해 사귄 적이 있나. 난 애가 스님이나 신부님 되려는 줄 알았다니까."

"두 분 다 그만하세요."

민망해진 유석이 부모님을 말렸지만 그들은 그만하지 않고 되려 그를 놀려댔다.

부모님의 주책에 유석의 얼굴이 빨개졌다.

옆에서는 유석의 치부를 알게 된 하나가 쿡쿡거리고 있다.

더 이상 못 참게 된 유석이 목소리를 높였다.

"아, 진짜, 그만하시라니까요!"

유석 부모님도 그렇게 경우 없는 사람들은 아닌지라 아들 놀리기는 그쯤에서 멈췄다.

유석이 하나를 돌아보며 말했다.

"나 원 참, 널 데리고 온 게 후회가 된다."

"뭐 어때. 재밌는 분들이시네."

"재미있어? 보는 입장에서야 그렇겠지. 하지만 나는 이런 분들이랑 같이 살고 있다고. 아무튼……."

푸념하던 유석은 순간 무언가 이상한 공기를 느끼고는 말을 멈췄다.

레스토랑 안의 손님들, 심지어 종업원들까지도 이상한 공기를 느끼고 바깥으로 시선이 쏠려 있다. 유석도, 하나도, 유석 부모님도 바깥을 내다보았다.

오래잖아 사람들의 시선이 바깥에 쏠린 이유를 알 수 있었다.

하늘, 정확히 말하자면 구름 아래 상공에 붉은 기운이 뻗쳐 내려 마치 주변 하늘이 붉게 물든 것처럼 보인다.

유석은 물론 레스토랑의 누구에게도 낯선 풍경이었다.

"저게 뭐야? 구름?"

"오로라 아냐?"

"좀 전에만 해도 저런 거 없었는데?"

모두의 시선이 하늘을 향해 쏠려 있는 가운데 이런저런 의견이 나왔지만 무엇으로도 설명은 되지 않았다.

분명 몇 분 전까지만 해도 맑고 청명하기만 한 파란 하늘이었는데 갑자기 상공에 괴현상이 일어나 붉게 물들다니.

이 중에 기상학자가 있다고 해도 저 현상을 제대로 설명할 수 있을지 의문이다.

사람들은 본능적으로 휴대폰을 꺼내 하늘의 풍경을 찍기 시작했다.

심지어 디지털 카메라에 캠코더까지 동원되었다.

급히 뉴스를 검색한 사람은 근처 모든 사람이 이 광경을 목격하는 가운데 방송 매체에서도 출동했다는 사실을 알게 되었다.

[서울 하늘이 갑자기 붉게 물들었습니다. 아직 원인을 알 수가 없다는데요. 현장에 나가 있는 취재 기자 연결해 보겠습니다.]

[네, 현장에 나와 있는 이정선 기자입니다. 보시는 바와 같이 서울 상공에 이처럼 붉은빛이 선명합니다. 지나가던 시민들도 발걸음을 멈추고 하늘을 바라보느라 여념이 없는 모습입니다. 현장에 급히 파견된 전문가들이 조사를 시작했지만 아직 원인은 밝혀지지 않았습니다.]

TV에서는 뉴스 속보가 방영되었다. 인터넷에서도, 레스토랑에서 하늘을 보며 전화 통화를 하는 사람들에게도 온통 이 전대미문의 사태가 화제였다.

레스토랑의 모두가 배고픔도 잊은 채, 차려진 음식이 식어간다는 것도 잊고 하늘만 바라보고 있다.

하지만 그렇게 시간이 지난 뒤에도 아무 일이 없자 그제야 사람들은 조금씩 진정되기 시작했다.

"참 오래 살다 보니 별 희한한 걸 다 보는구나."

"그러게요. 뭐 그래도 밥은 먹어야지? 시키자."

유석 부모님의 말에 유석도 하나도 정신을 차리고는 음식을 주문했다.

레스토랑 종업원들도 정신을 차리고 다시 자신들의 일을 시작했다.

오래잖아 주문한 음식이 나오고, 음식을 먹으며 이야기를 계속하는 유석이었지만 하늘에 신경이 쓰이는 것은 어쩔 수 없었다.

그렇게 음식을 거의 다 먹었을 때,

"어어? 저거 뭐야?!"

누군가 큰 소리로 외쳤다.

기다렸다는 듯 레스토랑 내의 모든 시선이 하늘로 다시 향했다.

모두들 상공을 물들인 붉은빛이 요동치는 것을 보았다. 그러다 마침내는 눈이 부실 만큼 밝게 타오르는 핏빛이 되어 하늘을 붉게 태우고 있다.

대체 지금 서울 하늘에서 무슨 일이 벌어지고 있단 말인가. 사람들의 반응이 다시 뜨거워졌다.

인터넷도 이것에 대한 글로 가득 메워졌다.

지금 서울 하늘에 난리 남.

서울에서 아마깃돈 일어날 기세.

생방송으로 서울 하늘 상황을 중계하던 뉴스 채널도 분위기가 뜨거워졌다.

[스튜디오에 기상학 박사 최상하 박사님을 모셨습니다. 안녕하세요, 박사님, 대체 저게 무슨 현상인가요?]

[에, 글쎄요. 저도 기상학을 공부한 지 30년이 넘었습니다만 이런 현상에 대해서는 들은 적도 본 적도 없습니다.]

나름대로 유명하다는 기상학자까지 출연했지만 서울 하늘의 저 괴이한 현상에 대해서는 뭐라 설명을 해내지 못했다.

"유석아, 이거 정말 무슨 일 생기는 거 아냐?"

불길한 예감이 들었는지 중얼거리는 하나의 목소리가 조금 떨렸다.

"괜찮을 거야."

유석은 그런 하나의 손을 가만히 잡아주었다.

하나의 손 역시 떨리고 있었지만 유석이 잡아준 덕분인지 얼마 안 있어 떨림이 멎었다.

유석은 하나의 손을 잡은 채로 하늘을 올려다보았다.

잠시 후, 하늘의 요동이 멎었다. 아니, 정확히 표현하자면 요동을 치는 모양이 달라졌다.

특별히 어떤 모양이라고 표현할 수 없이 불규칙하게 서울 상공을 물들이던 붉은빛이 공처럼 둥근 모양으로 뭉치기 시작했다.

그렇게 수십, 아니, 수백은 되어 보이는 붉은빛 덩어리가 하늘에 빽빽이 들어찼다.

"저게 뭐야? UFO?"

"그러게. 진짜 외계인들이 나타난 거 아냐?"

하늘에 떠 있는 정체불명의 둥그런 비행체라면 UFO부터 떠오르는 게 당연하다.

UFO인지 뭔지 모를 비행체들이 천천히 지상으로 내려오기 시작했다.

빛 덩어리들이 점점 내려와 지면에 가까워 오면서 그것들의 정체가 확연해졌다.

바로 집채만 한 불덩어리였다.

이글거리는 거대한 불덩어리가 하늘에서 지면으로 떨어지고 있었다.

"저, 저거……."

레스토랑 안의 사람들은 한 가지 사실을 깨달았다. 불덩어리 중 하나가 바로 이 레스토랑을 향해 날아오고 있다는 것을 말이다.

"피해!"

돌아가는 상황을 파악한 유석이 큰 소리로 외쳤다.

정신을 차린 유석의 부모님과 하나는 불덩어리가 날아오는 쪽과 최대한 먼 방향으로 몸을 피하기 시작했다.

하지만 생각보다 빨리 불덩어리가 레스토랑을 덮쳤다.

굉음과 함께 유리창이 박살 나고 뜨거운 불똥이 튀고 기물이 부서지며 레스토랑 안을 불바다로 만들었다.

"으아아악! 이게 뭐야!"

"사, 사람 살려!"

불덩어리가 맞은 곳을 중심으로 불바다가 퍼져 나갔다. 불길이 어찌나 거센지 스프링클러에서 뿜어져 나오는 물줄기로는 어림도 없어 보였다.

유석은 지금 즉시 이곳에서 빠져나가야 한다는 사실을 직감했다.

"아버지! 어머니! 하나야!"

유석은 가족들이 무사한지 살폈다. 다행히 모두들 긁힌 정도의 상처뿐 심각하게 큰 상처를 입은 사람은 없었다.

"괜찮으세요? 하나야, 괜찮아?"

"응."

유석은 안도의 한숨을 내쉬었다. 하지만 불덩어리는 하나가 아니었다.

또다시 불덩어리가 날아오기 시작하는 것을 본 유석이 큰 소리로 외쳤다

"도망쳐요!"

지금 상황에서 유석의 말에 이의가 있을 리 없었다. 부모님과 하나, 유석까지 한 덩어리가 되어서 황급히 달리기 시작했다.

운이 좋다고 해야 할지 모두가 달려나간 방향에 바로 비상구가 위치해 있었다.

비상구로 빠져나가기 직전, 유석은 자기도 모르게 고개를 돌려 바깥을 바라보았다.

불덩어리가 이곳저곳에 떨어져 시내를 불바다로 만들어 버리는 광경이 보였다.

'대체… 이게 무슨 일이야!'

속으로 부르짖어 보았지만 대답해 줄 수 있는 사람은 없었다.

유석은 사람들의 물결에서 가족과 연인을 놓치지 않기 위해 이들을 양손으로 꽉 잡은 채로 비상구를 통해 내려갔다.

다행히 모두들 다치지 않고 1층까지 내려갈 수 있었다. 하지만 1층에 내려가 보니 이미 시내 전체가 생지옥이 되어버린 뒤였다.

하늘에서 끝없이 떨어진 불덩어리에 맞은 건물들은 불타오르거나 불길에 휩싸여 흔들거리다 이내 무너져 내리기도 했다.

시내를 가득 메운 자동차들도 다를 게 없었고, 도로나 사람도 마찬가지였다.

패닉에 빠진 사람들은 제각각 도망칠 길을 찾았지만 한꺼번에 쏟아져 내려오는 불벼락을 피하는 것은 쉽지 않았다.

수많은 사람이 불길에 휩싸여 허우적대다 죽어갔고, 심지어 불덩어리에 직격당한 사람들은 비명조차 지르지 못한 채 한순간에 잿더미가 되어버렸다.

혹은 무너지는 건물에 깔려 죽거나 불길에 휩싸여 폭주하는 자동차에 치여 죽기도 했다.

난데없는 불벼락에 수많은 사람이 이유도 모른 채 죽어가는 생지옥 그 자체였다.

비명과 절규가 시내를 가득 메웠다. 경찰이나 소방관들이 달려왔지만 계속해서 하늘에서 떨어지는 불벼락 앞에서는 속수무책이었다.

"어, 어떡해? 어떡해?"

패닉 상태에 빠진 하나가 부르짖었다. 패닉 상태에 빠진 것은 유석도 마찬가지였다.

하지만 자신이라도 정신을 차리지 않으면 부모님과 애인

은 어떻게 되겠는가.

유석은 정신없는 상황이지만 정신줄은 잡으려 노력하며 말했다.

"여기서 기다리자."

"여기서?"

"그래. 아버지, 어머니, 여기서 기다리자고요."

불벼락이 길 위에도 떨어지는데다 불벼락을 맞은, 혹은 불똥이 튀거나 맞을 뻔한 자동차가 내달리는 통에 바깥은 그야말로 무질서한 생지옥이 되어 있었다.

지금 무작정 밖으로 나갔다가는 불벼락에 맞거나 자동차, 혹은 불길에 휩쓸리고 말 것이다.

물론 이 건물 1층도 마냥 안전하다고 할 수는 없었지만 무작정 밖으로 나가는 것보다는 낫다고 여긴 유석의 결정이었다. 우선 하나가 동의하고 나섰다.

"응."

유석의 부모님 역시 생각이 다르지 않았다.

"그래, 네 말이 맞다. 지금 괜히 나갔다가는 정말 큰일 나겠구나."

"그러게요. 일단 여기서 기다리자."

"당장 이 건물이 무너지거나 할 것 같지는 않으니까 여기 있자고."

얼마나 시간이 흘렀을까. 마침내 지옥 한복판에서 내리는 듯한 불벼락도 서서히 사그라지기 시작했다.

운 나쁘게 불벼락이 건물에 내리꽂히지 않은 덕분에 모두들 그럭저럭 무사했다. 지금으로써는 유석이 옳은 결정을 내린 셈이었다.

하지만 유석 일행뿐만 아니라 용케 목숨을 건진 사람들 모두가 불벼락이 멈췄음에도 함부로 바깥으로 나갈 생각을 하지 못했다.

언제 또 불벼락이 떨어질까 두려움에 떨면서 몸을 웅크리고 있다.

유석과 하나는 각각 휴대폰으로 바깥 상황을 알아보았다. 이 서울 시내의 난데없는 불벼락은 국내뿐만 아니라 세계적으로 엄청난 화제가 되어 해외토픽이 되어 있었다.

유석은 휴대폰이 아니라 직접 나가 두 눈으로 바깥 상황을 알아보고 싶었지만 언제 다시 불벼락이 떨어질지 모르는 상황이라 엄두를 내지 못했다.

그런데 용기를 내 건물 밖으로 나가는 사람이 있었다. 그가 조심스럽게 하늘을 올려다보더니 이내 경악한 표정으로 중얼거렸다.

"세상에, 저게 뭐야?"

도대체 무슨 일이라는 말인가.

유석은 최대한 몸을 숨긴 채로 조심스럽게 하늘을 바라보았다. 그리고 그 역시 경악했다.

하늘을 핏빛으로 물들이고 불벼락을 떨어뜨린 붉은 기운이 사라진 자리에 거대한 구멍이 생겨 있었다.

하늘에 구멍이라니 이상한 표현일 수도 있겠지만 서울 상공 한가운데에 둥그렇고 거대하게 파인 형상으로 하얗게 빛을 발하는 광경은 말 그대로 구멍이 뚫렸다고밖에 표현할 수가 없었다.

더 이상 불벼락이 내리지는 않을 것이라 확신한 듯 사람들이 하나둘 거리로 모습을 드러냈다.

잠시 후,

거리에 나온 사람들의 시선이 쏠린 구멍에서 무언가가 모습을 드러내기 시작했다.

천천히 모습을 드러내는 무언가의 정체를 알아볼 수 있게 되자 그것을 알아본 모두가 경악했다.

"배다!"

배, 그것도 하얀 돛을 휘날리는 범선이 하늘을 날고 있었다.

상상조차 해본 적 없는 광경에 유석도, 하나도, 유석의 부모도 다른 사람들처럼 입을 벌린 채 멍하니 바라볼 뿐이었다.

　　　　　　*　　　　*　　　　*

　차원의 문을 무사히 통과한 블랙드래곤 군단의 전함이 하나둘 5세계에 진입하기 시작했다.

　34년만의 차원정복전쟁을 축복하듯 마침 불어온 순풍을 받은 돛들이 활짝 펴져 휘날렸다.

　마법의 힘, 마나를 동력으로 하여 움직이는 공중 전함에서 돛은 그저 보조적인 역할을 할 뿐이지만 이 정도로 알맞은 순풍이라면 전함을 움직이는 마나를 아끼는 데 도움을 받을 듯 싶었다.

　아무래도 자연도 제국의 정복전쟁을 도와주려는 모양이다.

　먼저 아홉 척의 공중 전함이 5세계에 진입했다. 그리고 그 다음이 함대의 기함인 심판호 차례였다.

　먼저 진입한 아홉 척의 공중 전함은 심판호의 전방에 포진하고 심판호를 뒤따라 진입한 공중 전함 열 척이 심판호의 후방에 포진하여 심판호가 함대의 한가운데에 선 진형을 이루었다.

　함장실에 설치된 수정 구슬을 통해 지상을 내려다본 마커스가 중얼거렸다.

　"생각보다 더 굉장하군."

메테오를 맞아 무너지고 불타오르는 생지옥이 펼쳐진 도시. 하지만 그 생지옥 속에서도 하늘을 찌를 듯 높이 솟은 건물이 여럿 건재했다.

저렇게 높은 건물이 여럿 모여 있는 광경은 제국에서도 본 적 없다. 지금은 멸종한 드워프의 유적지에서나 볼 수 있을까.

비록 이 차원의 인간들이 마법에 대해 전혀 모르는 야만족이라고는 해도 건축 기술 하나만큼은 인정하지 않을 수 없었다.

물론 이 차원을 정복하고 나면 저 기술 또한 제국의 것이 될 것이다.

"모두 하강하라."

마커스의 명령에 전 함대가 공격을 준비하며 천천히 하강하기 시작했다.

점점 건물과 도로, 마차처럼 생겼는데 끄는 말이나 동물이 보이지 않는데도 움직이는 괴이한 물체 등의 모습이 보였다.

개미만 한 것들이 우왕좌왕하는 모습도 보였는데 아마 이 세계의 종족인 모양이다.

전함이 지상과 가까워지면서 도시의 모습도 점점 선명해졌다.

타오르고 무너지고 이곳저곳 시체와 잔해가 널려 있는 아수라장이었다.

마커스는 그 광경을 보고도 별다른 표정의 변화가 없었지만 가우스는 달랐다.

자기도 모르게 눈살을 찌푸리며 손으로 코와 입을 가린다.

"심기가 불편해 보이는군."

마커스가 물어오자 가우스는 황급히 입을 가린 손을 내리며 고개를 내저었다.

"아, 아무것도 아닙니다."

"무슨 생각을 하는 것인지 알 만하군. 자네는 처음이지. 이런 전장에 나온 게."

"그렇습니다."

"처음이면 그럴 수 있지. 이런 광경을 처음 보면 신경이 쓰일 수도 있어. 하지만 명심해라. 강한 우리가 약한 저 종족을 지배하는 것은 당연한 일이다. 또한 신의 뜻이기도 하며 무엇보다 제국의 번영을 위해 필수적인 일이지. 어설픈 동정심 따위는 가질 필요 없다."

"네, 명심하겠습니다."

제국은 네 개의 차원을 정복하고 지배해 왔다.

그전에도 드워프를 비롯한 여러 종족을 멸망시키고 심지어 멸종시켜 그들의 것을 거둠으로써 제국은 더더욱 번영해 왔다.

제국의 신민이자 제국군의 장교로서 차원정복전쟁이라는 이름의 전장에 온 가우스가 이제 와서 다른 마음을 품는다는 것은 있을 수 없는 일이었다.

가우스는 각오를 새로이 다졌다. 그런 보좌의 모습에 마커스도 고개를 끄덕이고는 다른 곳으로 시선을 돌리며 물었다.

"착륙 지점은 찾았나?"

"근처에 함대가 모두 착륙할 만한 지점은 보이지 않습니다!"

스무 척의 공중 전함이 모두 착륙하려면 아주 넓은 공간이 필요하다.

높은 건물을 빽빽하게 세우고 나머지 공간은 대부분 도로로 채운 이 세계의 도시에서는 그런 넓은 공간을 찾기가 쉽지 않을 듯했다.

"그러면 공격부대만 지상으로 내려가라."

명령을 내린 마커스가 자리에서 일어났다.

"우리도 가볼까?"

놀란 가우스가 되물었다.

"군단장님께서 직접 전투에 참여하실 생각입니까?"

"지금 같은 상황에서 그런 객기를 부릴 생각은 없다. 그래도 이 세계 공기를 한번 직접 맡아보고 싶군."

"알겠습니다."

가우스는 마커스를 뒤따르며 호위병들과 함께 전함 바닥으로 내려갔다.

심판호뿐만이 아니라 대부분의 공중 전함에는 전함이 공중에 머무는 상태에서 군대만 착륙할 수 있도록 커다란 출입문을 만들어놓았다.

가우스는 마법을 시전한 뒤 출입문을 향해 몸을 날렸다.

하강했다지만 그래도 공중 전함들은 상공 수백 미터의 높이에서 머무는 중이다.

그 배 바닥에서 뛰어내리는 것은 자살 행위라 할 수 있었다. 마법을 쓰지 않는다면 말이다.

마법에 걸린 가우스의 몸이 마치 깃털처럼 천천히 아래로 하강해 갔다.

마커스도, 호위병들도, 다른 전함들에서 내려오는 공격부대도 모두 마찬가지였다.

그렇게 일단의 군사들이 5세계의 대지를 밟았다. 주변에 남아 있던 5세계 종족들과 블랙드래곤 군단 군사들의 시선이 마주쳤다.

"우리처럼 생겼군요."

가우스가 마커스에게 말했다. 마커스가 고개를 끄덕였다.

"우리와 같은 인간 종족인 모양이군."

"엘프나 드워프 같은 종족도 있을 가능성을 배제할 수는 없겠군요."

"그럴지도. 아무튼 지금은 저들에게 뜨거운 맛을 보여줘야지."

제국과 교류는커녕 일면식도 없는 다른 차원 족속들을 정복하는 가장 빠른 방법은 이쪽의 강대함을 보여주는 것이다.

그리고 강대함을 보여주는 가장 빠르면서 확실한 방법은 다른 차원 족속들의 피를 보는 것이다.

"모두 공격하라!"

마커스가 명령을 내리자 군단병들이 제각각 무기를 꺼내 들었다.

블랙드래곤 군단병들은 대부분 활, 혹은 석궁을 기본적으로 장비하고 있었는데 모두 마법 혁명이 낳은 산물들이다.

즉, 마법으로 강화된 물건들이었다.

자세히 설명하자면 활은 세 뼘 길이의 자그마한 크기지만 1의 힘으로 시위를 당기면 3, 4의 힘으로 화살을 발사한다.

석궁은 마법의 힘으로 저절로 시위가 당겨져 일반 석궁과 비교하면 몇 배의 연사 속도를 자랑했다.

간단하게 다룰 수 있는데다가 연사 속도도 빠르고 가죽 갑옷은 물론 가벼운 판금 갑옷도 뚫을 수 있는 활과 석궁으로 무장한 군단병들은 차원정복전쟁의 상징과도 같았다.

마법을 모르는 어지간한 야만인은 제대로 된 마법은 사용할 필요도 없이 이 활과 석궁만으로도 토벌이 가능했다.

"쏴라!"

화살이 5세계의 인간 종족에게 쏟아지기 시작했다.

운 좋게 메테오의 심판에서 살아남은 이 세계의 인간들은 비명과 함께 하나둘 쓰러져 갔다.

첫 번째 공격은 성공적이었다. 이 차원의 인간들은 반격은 커녕 화살 공격에 완전히 전의를 상실하고는 혼란에 빠져 도망치는 광경이 똑똑히 보였다.

이대로 화살 공격을 계속 퍼부을 수도 있다. 하지만 좀 더 커다란 공포를 보여 주려면 다른 방법을 같이 쓰는 것이 더 효율적이다.

"전투 마법사 부대, 준비하라!"

다음은 전투 마법사 부대 차례였다. 전투 마법사는 마법 중에서도 누군가를 공격하는 공격 마법을 전문으로 익힌 자들로서 블랙드래곤 군단의 가장 강력한 주력이라 해도 과언이 아니었다.

명령을 받고 전선에 나온 전투 마법사들은 제각각 자신 있는 공격 마법을 시전하기 시작했다.

불덩어리가, 혹은 얼음 창이, 혹은 전격이 이 세계의 인간들에게, 건물에 쏟아졌다.

"으아아악!"

당연히 이 차원의 언어는 블랙드래곤 군단 모두에게 생소했다.

하지만 고통과 공포에 질려 내지르는 비명 소리만큼은 어느 차원이나 다를 게 없었다.

비명 소리가 주변을 가득 메우는 가운데 블랙드래곤 군단이 주변을 초토화시키는 장면을 마커스는 흐뭇하게 바라보았다.

"말도 글도 통하지 않는 녀석들에게 유일하게 통하는 대화 수단은 바로 공포지."

"그, 그렇군요."

마커스와는 달리 가우스는 조금 전 마음을 다잡았음에도 불구하고 지금 눈앞의 광경을 마냥 흐뭇하게 바라보지 못했다.

분명 지금 전장은 아군이 압도하고 있다. 아니, 지나치게 압도하고 있어서 문제였다.

이것은 말 그대로 일방적인 학살이 아닌가.

야수나 몬스터라면 모를까, 자신들과 다를 바 없이 생긴 인간들이 학살당하는 광경을 보고 있자니 속이 울렁거렸다. 내색하지 않으려 해도 편치 않은 얼굴빛까지는 숨길 수가 없었다.

이번에는 마커스도 그런 가우스의 안색에 신경 쓰는 대신 다른 명령을 내렸다.

"그러면 일을 시작해 볼까? 여기 종족을 몇 놈 잡아와라. 되도록 젊고 건강한 녀석들로."

"알겠습니다."

새로운 마커스의 명령에 군단병 몇 명이 출동했다.

실험용으로 쓸 이 차원의 인간들을 잡아오는 게 그들의 임무였다.

*　　　*　　　*

벌써 몇 번이나 눈앞에서 벌어지는 광경에 눈을 의심했는지 모른다.

하늘이 붉게 물들고, 붉은빛이 요동치고, 마침내는 불덩어리가 되어 서울 시내에 불벼락이 떨어지고, 수십 척은 되어 보이는 하늘을 나는 범선까지 지금껏 본 모든 광경이 눈을 의심할 만큼 비현실적이었다.

그리고 유석은 눈앞에 펼쳐진 광경에 다시 한 번 눈을 의심했다.

"뭐, 뭐야, 저놈들!"

배 바닥에서 사람이 떨어지고 있는 것이다.

아무리 봐도 맨몸으로 떨어지고 있는데 낙하산을 탄 것처럼 천천히 떨어지는 것이 신기하기 그지없었다.

그렇게 내려온 사람들은 하나같이 독특한 옷차림을 하고 있었다.

유석은 중세 시대를 다룬 할리우드 영화에서 비슷한 차림을 본 적 있다는 사실을 기억해 냈다.

옷차림뿐만 아니라 하나같이 자그마한 활이나 석궁을 들고 있고 막대기나 검을 찬 인간도 여럿 눈에 띄었다.

혹시 할리우드에서 서울을 촬영장 삼아 중세 영화를 찍기라도 한다는 말인가.

순간적으로 이런 바보 같은 생각까지 든 유석이었지만 현실은 비정했다.

"%·&*%·&*%·!"

어디선가 알아들을 수 없는 언어로 된 호령 소리가 아련하게 들려오는가 싶더니 배에서 내려온 사람들이 제각각 들고 있던 무기를 사용하기 시작했다.

그 무기란 다름 아닌 활과 석궁이었다.

건물 밖에 나와 있던 사람들이 화살에 맞아 죽는 광경이 똑똑하게 보였다.

"꺄아악!"

놀란 하나가 비명을 내질렀다. 그럴 수밖에 없었다.

하늘에서 불덩어리가 떨어져 사람이 죽는 일은 재난이지

만 누군가 쏜 화살에 사람이 죽은 것은 살인 사건이다.

재난으로 사람이 죽는 것도 물론 끔찍한 일이지만, 살인 사건은 그보다도 더 끔찍했다.

"뭐야, 저 놈들……."

중얼거리던 유석은 활과 석궁을 든 놈들이 여러 패거리로 나뉘어 흩어지는 것을 보았다.

그중 한 패거리가 바로 자신들이 있는 건물로 들어오려는 게 아닌가.

"아, 안으로 들어가야 하지 않을까?"

유석 아버지가 더듬거리며 말했다.

아직 레스토랑에서 타오르던 불길이 어떻게 되었는지 알 수 없었다.

그 불길이 아래층까지 번졌다면 건물 깊숙한 곳으로 들어가자는 유석 아버지의 의견은 위험한 행위가 될 가능성이 높다.

하지만 활과 석궁을 들고 그것을 사람에게 거리낌 없이 쏘아대는 놈들이 들어오려는 상황이 아닌가.

닥쳐올지 모르는 위험의 가능성을 생각하는 것보다는 바로 직면한 위험을 피하는 것이 더 급했다.

"네, 들어가요."

유석뿐만이 아니라 하나도, 유석 어머니도 반대하지 않

았다.

그렇게 네 사람은 비상구를 통해 건물 위로 올라가려고 했다.

그런데 바람 소리와 함께 날아온 불덩어리가 네 사람을 지나 정확히 비상구 문에 명중, 주변을 불구덩이로 만들어 버렸다.

"세상에!"

놀란 네 사람이 돌아보자 무장한 무리가 정확하게 자신들을 바라보는 게 아닌가.

앞에는 미친놈들, 뒤에는 불구덩이. 하는 수 없이 네 사람은 옆으로 빠져 어떻게든 놈들의 손아귀에서 벗어나기 위해 달리기 시작했다.

정신없이 달리는 네 사람의 귀에 활시위 소리가 들려왔다.

한 번, 두 번, 몇 번의 시위 소리가 귓가를 스쳤다.

놈들이 쏜 화살이 머리 위를 지나가고 또 다리를 스쳐 지나가 바닥에 꽂혔다. 하지만 모든 화살이 빗나가기만 한 것은 아니었다.

"으악!"

유석 아버지가 비명과 함께 나동그라졌다.

그의 등판에는 화살 한 발이 박혀 피가 흘러내리고 있었다.

"아버지!"

"여보!"

유석과 유석의 어머니가 놀라 큰 소리로 외쳤다.

하지만 그 와중에도 화살이 네 사람의 근처에 떨어지고 있었다.

유석 아버지는 쓰러진 채로 고통에 얼굴을 일그러뜨리면서도 나머지 세 사람에게 연신 손짓했다. 나를 놔두고 가라는 뜻이다.

"가라! 어서!"

"아, 아버지······."

하지만 유석이나 유석 어머니, 심지어 하나마저도 그 말에 따라 발걸음을 돌리지 못했다.

"기다리세요. 지금 갈 테니까······."

아버지를 구하러 가려던 유석은 문득 파지직 하는 소리를 들었다.

동시에 푸른 전기 같은 것이 번쩍이며 유석 아버지를 때렸다.

전기에 맞은 유석 아버지는 비명 한마디 지르지 못하고 그대로 굳어버렸다.

잠시 후, 유석 아버지의 몸이 부스러지며 까만 잿더미가 되어 흩어졌다.

방금 전까지만 해도 살아 있던 아버지의 육신이 한 줌 재가 되어버린 것이다.

"아버지!"

"여보!"

"꺄아아악!"

세 사람의 비명 소리가 울려 퍼졌다.

너무나도 충격적인 광경에 세 사람은 발에 못이 박힌 듯 움직이지를 못했다.

그러고 있으니 화살세례가 덮쳐왔다. 제대로 조준을 하지 못했는지 운이 좋았는지 화살세례는 대부분 빗나갔지만 개중에는 제대로 목표를 노리고 날아온 것도 있었다.

"윽!"

유석은 왼쪽 팔에 뜨거운 것이 관통하는 고통을 느끼고는 팔을 내려다보았다. 화살 한 대가 팔을 관통하고 있었다.

"유석아!"

놀란 유석의 어머니와 하나가 동시에 외쳤다.

물론 가장 놀라고 충격을 받은 것은 화살을 맞은 유석 본인이었다.

생전 처음 느껴보는 고통에 유석이 막 비명을 지르려는 찰나, 시위 소리와 함께 날아온 화살이 유석 어머니의 머리를 관통하는 광경이 눈에 들어왔다.

유석은 고통스러운 비명 대신 어머니를 부르짖었다.

"어머니!"

머리가 화살에 꿰뚫린 채 유석 어머니가 눈도 뜨지 못하고 쓰러졌다.

유석이 급히 달려가니 어머니는 놀란 표정 그대로 굳어 있다.

"어, 어머니……."

불러도 대답이 없다. 움직이지도 못하고 눈동자까지 굳은 것이 즉사한 것이다.

유석은 비명을 내질렀다.

"으, 으아악!"

잠깐 사이에 아버지는 잿더미가 되어버렸고 어머니는 화살에 맞아 죽었다.

너무나도 끔찍한 재앙에 순간 유석은 자신이 악몽을 꾸는 게 아닌지 의심했다.

지나치게 현실적이다 못해 팔에 꽂힌 화살의 고통까지 고스란히 느껴지는 악몽 말이다.

그래, 그럴 것이다.

이게 꿈이 아니고서야 갑자기 하늘에서 불벼락이 내리고, 하늘을 나는 배가 나타나며, 거기서 내려온 놈들이 화살을 쏘고, 불을 쏘고, 번개를 내리치게 해서 부모님을 살해하는 일 같은 게 벌어질 리가…….

"유, 유석아."

멍하니 있던 유석의 귀에 하나의 목소리가 들려왔다. 이것 역시 꿈일까.

"유석아!"

하나의 외침 소리가 들려왔다. 이어 무언가 유석의 팔을 붙잡더니 끌고 달리기 시작했다.

유석을 잡은 것은 하나의 손이었다. 이 생생한 촉감, 그리고 생생한 목소리는 이 모든 게 꿈일 것이라는 유석의 희망을 산산조각 냈다.

"도망치자. 도망쳐야 해!"

하나의 말에 유석은 이를 악물었다. 확실히 하나의 말대로였다.

지금은 본인과 본인보다도 소중한 연인의 목숨을 챙기는 게 먼저였다.

정신을 차린 유석은 하나에게 끌려가는 게 아니라 자신이 하나를 끌고 달리기 시작했다.

뒤에서 화살이 날아드는 와중에도 운 좋게 두 사람은 비상구에 도달할 수 있었다.

재빨리 비상구의 철문을 닫아건 뒤 두 사람은 한숨 돌릴 수 있었다.

"유석아, 이제 어떡하지?"

"위로 올라가자. 올라가다 보면 숨을 곳이 있을 거야."

이야기를 나누던 중 갑자기 누군가 문이 부서져라 두들겨댔다. 이어 알아들을 수 없는 외침 소리가 들려왔다.

비록 이 문이 철문이고 확실히 걸어 잠갔다지만 언제까지 버텨줄지는 알 수 없었다.

유석과 하나는 눈빛으로 합의를 한 뒤 위층으로 향하는 계단을 오르기 시작했다.

그런데 미처 몇 계단을 오르기도 전에 철컹 하는 쇳소리가 들려왔다.

유석이나 하나나 안 좋은 예감에 사로잡혔고, 그 예감은 틀리지 않았다.

철문이 부서지는 것도 아니고 그냥 열리면서 정체불명의 놈들이 모습을 드러냈다.

"꺄아악!"

겁에 질린 하나가 비명을 내질렀다. 유석이 그런 하나를 끌며 달리기 시작했다. 하지만 오래잖아 두 사람을 따라잡은 놈들이 허리에 차고 있던 검을 쥐고 휘두르기 시작했다.

아직 붙잡히지는 않은 탓에 휘두른 검에 맞지는 않았지만, 저렇게 검까지 휘둘러대는 놈들의 행각에 질려 유석과 하나는 도망칠 수밖에 없었다.

"크하하하!"

"&%$·&$%·&!"

놈들이 도망치는 유석과 하나를 보고 웃음을 터뜨리며 뭐라 지껄여 댔다.

지껄이는 소리는 알아들을 수 없었지만 웃음을 터뜨린 것 하나만은 분명했다.

눈앞에서 사람이 죽고 겁에 질려 도망치는 광경이 재미있기라도 하다는 말인가.

유석은 진심으로 분노했지만 저놈들에게 싸움을 걸 용기는 나지 않았다. 그저 하나를 데리고 도망칠 뿐이었다.

"아앗!"

손을 잡은 채 달리던 유석과 하나가 동시에 넘어졌다. 누가 먼저 넘어졌는지, 누구 때문에 넘어졌는지는 알 수 없었다.

중요한 것은 넘어진 탓에 놈들에게 완전히 따라잡혔다는 것이다.

"%@#$%@#%."

알 수 없는 지껄임과 함께 놈들이 검을 휘둘렀다. 먼저 검을 머리에 맞은 하나, 뒤이어 역시나 검을 머리에 맞은 유석이 풀썩 쓰러졌다.

그나마 둘의 머리가 쪼개지면서 피와 뇌수를 바닥에 쏟는 사태는 벌어지지 않았는데 검날이 아닌 검집째 휘둘러 두 사람을 가격한 때문이다.

정신을 잃고 쓰러진 유석과 하나를 바라보던 놈들, 블랙드
래곤 군단병들은 곧 두 사람을 포박한 뒤 질질 끌고 어디론가
데려가기 시작했다.

4장
끔찍한 실험

제5차 차원정복전쟁의 시작은 성공적이었다.

아직 이 차원의 군 병력은 나타나지 않는 것 같았지만 토착민들을 상대로 블랙드래곤 군단은 그야말로 일방적인 학살을 벌이고 있었다.

"아무리 마법은 전혀 못 쓰는 야만족이라지만 그래도 검이나 활을 들고 맞서는 놈이 있을 줄 알았는데 이건 싱겁기까지 하군."

전투 상황을 보고 받은 마커스가 입맛을 다시며 중얼거렸다.

만일 제국에서 지금과 같은 침공을 받았다면 군인들은 물론 일반 사람들도 마법으로 대항했을 것이다.

또 이전까지의 차원정복전쟁 때는 비록 마법은 뒤떨어져 있거나 전혀 쓰지 못하는 차원일지라도 토착민들이 개인적인 무장을 가지고 제국군에 대항해 온 경우도 있었다.

좋은 예가 제2차 차원정복전쟁 때이다. 그때도 토착민들은 마법의 존재조차 알지 못했다.

하지만 제국의 침공을 받은 즉시 군인들이 반항한 것은 물론, 군인이 아닌 일반 토착민들까지 자신들의 집이나 마을에서 공용으로 쓰는 건물 등을 요새화하여 반항을 하는 통에 제국에서도 상당한 피해를 입었다.

그런데 이 차원은 마법을 쓰지 못하는 주제에 군인이 아닌 자들은 별다른 무장도 하지 않고 있었다.

나약한 주제에 터무니없이 태평스럽기까지 한 자들이 아닌가.

이 차원의 모두가 여기 있는 이 녀석들 같다면 이번 전쟁도 그렇게 어려울 게 없을 듯했다.

"군단장님, 잡아왔습니다."

병사 한 명이 마커스에게 보고해 왔다. 실험체로 쓸 녀석들을 잡아왔다는 말이다. 곧 포박된 이 세계의 종족 여러 명이 끌려왔다.

눈짐작으로 세어보면 대략 십 수 명에 남녀 성비는 거의 1:1.

모두들 젊으며 종종 화살에 맞은 녀석들도 있지만 대체적으로 모두 건강해 보였다.

실험체들을 훑어보던 마커스가 흡족하게 고개를 끄덕이며 명령했다.

"데려가라."

"네!"

규모가 크고 복잡한 실험을 할 것이라면 실험실을 짓거나 군단의 기함인 심판호로 데려가야 할 것이다.

하지만 지금 할 것은 간단한 실험이라 그렇게까지 할 필요는 없었다.

실험체들은 지상에 마련된 자그마한 공간으로 끌려갔다.

도착한 장소에는 천막이 쳐진 가운데 사람 한 명이 간신히 들어갈 만한 크기의 우리 여러 개가 준비되어 있었다.

실험체들은 각각 한 명씩 따로 우리에 집어넣어졌다.

얼마 뒤 실험을 맡은 마법사들이 나타났다.

마법사들은 저마다 옷깃에 엄지손가락만 한 녹색 구슬을 달고 있었다.

마법사 한 명이 손짓하자 미약한 전격이 뻗어 나와 우리를 때렸다.

아마 안에 들어가 있는 실험체들은 번개를 아주 가볍게 얻어맞은 느낌일 것이다. 곧 실험체들은 모두 정신을 차렸다.

"*&()&#(."

"&##·**$."

실험체들이 알아들을 수 없는 언어로 지껄여댔다. 물론 이 차원의 언어일 것이다.

옛날 같았으면 처음 온 차원의 종족과 대화를 나누려면 언어를 배워야 하는 터라 오랜 시간이 소요되었을 것이다.

하지만 지금은 제국에서도 불과 십여 년 전에 완성된 최신 마법, 통역 마법이라는 것이 있다.

마법사들이 차고 있던 녹색 구슬을 작동시키자 구슬이 희미하게 빛나기 시작했다.

구슬 자체에 통역 마법이 걸려 있어 따로 마법을 쓸 필요 없이 작동하는 구조였다.

통역 마법을 작동시킨 마법사들은 저희끼리 뭐라 이야기하더니 실험체 무리에 끼어들었다.

그중 한 마법사가 질문을 던졌다.

"정신이 드는가?"

놀란 표정을 짓던 실험체들이 천천히 입을 열었다.

"한국말을 할 줄 알아?"

한 실험체의 말이다. 한국은 아마 이 차원 중에서도 이 지역 국가의 이름일 것이다.

"너희는 대체 뭐하는 새끼들이야!"

개중에는 이렇게 다짜고짜로 과격한 말을 퍼붓는 실험체도 있었다. 하지만 이런 실험체의 욕설에 일일이 반응하는 마법사는 없었다.

어차피 운명이 결정된 실험체들이니까.

천막 안에서 그런 일들이 벌어지는 가운데 천막 밖에서는 이 실험을 총괄하는 마법사단장 카리스가 실험을 보러 온 마커스에게 보고했다.

"그럼 마력 주입 실험을 준비하겠습니다."

마커스가 고개를 끄덕였다.

마력 주입 실험은 말 그대로 마나를 실험체의 몸에 한계까지 주입하는 것이다.

실험체 여럿의 몸에 마나를 주입함으로써 이 차원의 인간은 대략 어디까지 마나를 받아들일 수 있는지 평균치를 알아보는 것이 목적이다.

이런 실험을 하는 이유는 한마디로 말해 이 차원의 종족들의 마나에 대한 적응력과 내성을 알아보기 위함이었다.

마법은 레넌 제국의 근본. 그 마법의 근본이 되는 마나. 곧 제국의 식민지가 될 이 차원의 종족들의 마나에 대한 적응력과 내성을 알아보는 것은 여러 가지 의미가 있었다.

무엇보다 이것들을 파악함으로써 이 차원의 종족이 어떤 존재인지 제국의 기준으로 알아볼 수 있다는 점에서 의미가 컸다.

이 차원의 종족들이 어떤 자들인지, 정말 마법에 대해서는 아무것도 모르는지, 만에 하나 마법을 익힌다면 어느 수준으로까지 성장할 가능성이 있을지 이런 여러 가지 정보를 얻어내기 위한 실험은 지금껏 제국에서 정복해 온 모든 차원에서 실시되어 왔다.

차원정복전쟁의 초반부터 반드시 실행되는 통과 의례라고 해도 무방했다.

이제는 이 차원의 인간들이 그 통과 의례를 거칠 차례였다.

"그럼……."

마법사 몇 명이 천막 옆에서 자기들끼리 둥글게 선 뒤 양팔을 펼쳤다.

그들의 손끝에서 푸르스름한 기운이 일렁이기 시작했다.

동시에 마법사들이 서 있는 대지에 하얀 도형이 생기더니 빛을 발하기 시작했다.

마치 빛나는 분필로 기하학적인 문양을 그려 그 문양이 빛을 내는 듯한 광경이었다.

지금 마법사들은 공격 마법이니 치료 마법이니 하는 마법을 사용하는 게 아니라 마법의 근원이 되는 힘, 곧 순수한 마나를 모으기 시작한 것이다.

저렇게 순수한 마나를 모으는 것은 어지간한 마법을 쓰는 것보다도 어려운 일이었다.

하지만 순수한 마나를 이 차원의 종족 몸에 주입하는 것이 실험의 주된 과정이었기에 반드시 해야 했다.

마법사들이 순수한 마나를 모으는 광경을 지켜보던 마커스가 가우스에게 물었다.

"이런 실험을 본 적 있나?"

"네, 군단장님."

대답이 의외였는지 마커스는 조금 놀란 듯 되물었다.

"어디서?"

"마법대학에서입니다. 몬스터들의 마법 내성을 알아보고자 순수한 마나를 한계치까지 주입하는 실험을 한 적 있습니다."

"흐음, 인간이 아니라 몬스터들을 대상으로 한 마나 주입 실험이라……. 요즘 마법대학은 그런 실험도 하는 가보군. 그래, 그렇게 몬스터에 실험하면 결과는 어떻게 나오는가?"

"인간 실험을 직접 본 적은 없지만 인간 실험과 비슷하다고 들었습니다. 막대한 양의 마나가 주입된 몬스터 대부분은 거대한 마나가 몸속으로 들어오는 충격을 이기지 못하고 사망하거나 충격 자체는 버티더라도 마나의 힘에 육체가 건디지 못하고 육체 자체가 부서지고는 했습니다. 끔찍한 광경이었지요."

실험 광경을 떠올리던 가우스가 몸서리를 쳤다. 반면에 마커스는 흥미롭다는 듯 미소응 지었다.

"대부분이라……. 그럼 그렇지 않은 자들도 있다는 말인가? 인간 실험처럼?"

"네. 가끔, 아주 가끔 육체가 거대한 마나의 힘에 적응하는 경우가 있습니다. 이 경우 마나를 흡수한 육체의 성질이 변화되면서 육체는 강인해지고 육체 자체가 마법과 친숙한 육체가 되지요. 하지만 그렇게 만들려면 반드시 일반적이라면 육체가 붕괴할 만큼의 마나를 주입해야 하기 때문에……."

"대부분은 그전에 죽는다는 말인가?"

"네."

"그러나 운 좋게 죽지 않는다면 마나를 흡수한 영향으로 육체가 강해지는 것이고."

"그렇다고 할 수 있습니다. 물론 대학에서는 그렇게 된 몬스터들을 자체적으로 폐기시켜 버렸습니다. 큰 힘을 가진 몬스터가 자칫 대학에서 난동이라도 부리면 큰일이니까요."

흥미로운 이야기였다.

물론 마커스도 과도한 마나를 주입 받은 실험체가 일반적으로 그러하듯 죽기보다는 오히려 육체가 강인해졌다는 이야기를 들어본 적이 있다.

하지만 확률로 따지면 백에 하나 정도 나올 만큼 상당히 희귀한 일이라 직접 본 적은 없는데 그 희귀한 일을 직접 본 적이 있다는 가우스의 이야기는 꽤나 흥미롭게 받아들여졌다.

"저 실험체들의 운명도 둘 중 하나겠군."

"아마 그럴 것입니다. 육체가 버티지 못하거나 아주 드문 확률로 육체가 적응하고 마나를 흡수하여 변화하거나."

"이왕이면 적응하는 녀석이 하나 정도는 나와 줬으면 한데. 꼭 보고 싶거든."

"어느 쪽이든 그다지 보기 좋은 광경은 아닙니다."

"흥미로운 광경인 것은 확실하지."

이야기를 나누던 마커스는 천막 안을 슬쩍 바라보았다. 우리 안에 홀로 갇힌 실험체의 모습이 보였다. 그중 한 쌍의 남녀가 마커스의 눈길을 끌었다.

각각 젊은 나이의 남자 실험체와 여자 실험체. 서로 눈빛을 주고받는 것을 보니 아마도 둘이 아는 사이인 모양이었다.

서로 나이도 비슷한 젊은 남녀라는 것을 감안하면 연인 관계, 혹은 막 결혼한 부부 사이일 수도 있겠다.

물론 실험체 둘이 어떤 관계이든 이들의 운명이 변할 일은 없었다. 실험 준비는 착착 진행되는 중이다.

군단에서 계속해서 올라오는 보고 역시 침공이 순조롭다

는 이야기뿐이었다.

　마커스는 스스로 전장에 나가는 대신 이 실험장에 구경이나 하고 있어도 큰 문제는 없으리라 여겼다.

　이제 실험 시작이 머지않았다.

　　　　　　＊　　　　＊　　　　＊

　"으으윽."

　온몸이 찌릿찌릿한 느낌에 정신을 차린 유석은 자신이 몸도 제대로 못 가눌 만큼 좁은 금속 우리 안에 갇혀 있다는 사실을 깨달았다.

　몸을 조금만 움직이려 해도 차가운 금속 창살이 닿아 웅크리다시피 한 자세로 꼼짝도 하기가 어려웠다.

　"여긴 대체?"

　중얼거리던 유석의 머릿속에 정신을 잃기 전 보았던 참상이 고스란히 재생되었다.

　아버지와 어머니가 갑자기 하늘을 나는 배를 타고 내려온 놈들이 쏜 화살에 처참하게 돌아가시고, 하나와 자신은 붙잡혀서…….

　"그럼 여긴……."

　주위를 둘러보니 자신과 같이 갇혀 있는 사람들이 여럿 보였다.

입고 있는 옷차림만 봐도 갇혀 있는 사람들은 자기를 여기에 가둔 놈들과 한패가 아니라 그저 평범한 대한민국 시민들이라는 것을 알아볼 수 있었다.

그나마 다행이라 해야 할지 불행이라 해야 할지 갇힌 사람들 중에는 하나도 있었다. 그것도 자신의 바로 옆 우리에 갇혀 있다.

의식은 차렸지만 정신이 다 안 돌아온 듯 멍하니 있는 하나를 유석이 불렀다.

"하나야, 하나야!"

"…유석아?"

"그래, 나야. 괜찮아?"

"그러니까… 여기가 어디지?"

"나도 잘 모르겠어. 아마 그놈들이 우릴 여기에 가둔 모양이야."

"여기? 여기라면……."

그제야 하나는 자신과 유석이 우리 안에 갇혀 있다는 사실을 완전히 자각했다.

놀란 표정을 지으며 몸부림을 치는 하나였지만 튼튼하게 만들어진 우리는 그 정도의 몸부림에는 꿈쩍도 하지 않았다.

"뭐야, 이거? 대체 뭐가 어떻게 된 거야? 네 쪽도 안 열리는 거야?"

"꿈쩍도 하지 않아."

"그럴 수가……. 이제 우린 어떻게 되는 거지?"

좁은 우리 속에서 힘겹게 두리번거리는 하나의 눈동자는 겁에 질려 있었다. 물론 유석 역시 겁이 나는 것은 마찬가지였다.

하지만 하나가 저렇게 겁에 질려 있는데 자신까지 겁에 질려 우왕좌왕하면 그야말로 답이 없는 사태일 것이다.

유석은 스스로 정신을 차려야 한다고 수없이 되뇌었다.

그렇게 한 보람이 있어 마음이 조금은 진정되는 것도 같았다.

스스로의 마음을 진정시킨 유석은 이어 하나를 향해 말했다.

"하나야, 진정해."

"진정하라고? 어떻게? 우리가 어떻게 될지 모르잖아?"

"그러니까 진정하고 정신이라도 차리고 있어야지. 정신없이 우왕좌왕하다가는 정말 큰일을 당할지도 몰라."

사실 말은 이렇게 하면서도 유석으로서도 자신이 없었다. 지금 이 상황이 정신만 차린다고 되는 상황인지 말이다.

하지만 정신없이 우왕좌왕하는 것보다는 침착하게 있는 편이 낫다는 생각에 어떻게든 하나를 진정시키고 싶었다.

유석은 가만히 창살을 통해 손을 내밀었다. 하나도 따라 손을 내밀었다.

서로 손을 맞잡을 정도는 되지 못했지만 손끝이 닿을 정도는 되었다.

"이제 진정 돼?"

"으, 응."

"그래, 진정하고 어떻게 방법을 생각해 보자. 이것들이랑 말을 해보든가 도망을 치든가, 그도 아니면……."

유석이나 하나 말고도 우리에 갇힌 사람은 여럿 있었다. 유석은 일단 그들과도 대화를 해보려 했다.

"저기……."

그런데 제대로 말을 붙여보기도 전에 자신들을 우리 속에 집어넣은 놈들과 한패로 추정되는 녀석들이 다가오고 있었다.

아무래도 저놈들에게 갇힌 사람들과 대화를 시도하는 광경을 들키는 것은 좋지 않을 것 같았다.

유석은 입을 다물었고, 유석과 이야기를 하려던 사람도 마찬가지로 생각했는지 입을 다물었다.

이번에 나타난 놈들은 지금까지 본 놈들과 달랐다.

모두들 망토 같은 것을 걸치고 있었고, 활이나 석궁은 가지고 있지 않았으며, 개중 몇몇은 옷깃에 엄지손가락만 한 녹색 구슬을 달고 있는 게 눈에 띄었다.

놈들 중 한 남자가 입을 열었다.

"정신이 드는가?"

놀랍게도 남자의 입에서 나온 것은 한국말이었다. 아니, 정확히 말하자면 한국말과 통하는 어떤 언어였다.

분명 입에서 나오는 것이 한국말이 아닌데 한국말의 형태로 귀에 들어와 머릿속에 박히는 느낌이랄까.

무언가 일반적인 언어와는 다르다는 느낌이 들었지만 자세한 것은 알 수 없었다.

그보다 중요한 것은 상대와 의사소통이 가능한 것으로 보인다는 것이다.

"한국말을 할 줄 아는 거야?"

유석과 함께 갇혀 있던 누군가가 중얼거렸다.

정신이 드느냐고 물어본 남자의 표정을 보건대 지금 누군가가 중얼거린 한국말 알아듣는 것 같았다.

그렇게 최소한 한 남자가 한국말을 안다는 사실이 판명나자 사람들이 아우성을 치기 시작했다.

"대체 왜 우리를 가둔 거야!"

"풀어주세요!"

"내가 무슨 죄를 지었다고……."

이런 아우성에도 대답은 돌아오지 않았다.

분명 한국말을 알아들을 텐데도 남자는 대답 한마디 하지 않고 사람들을 가만히 바라볼 뿐이다. 그러자 감정이 격해진 누군가가 소리를 질렀다.

"너희는 대체 뭐하는 새끼들이야! 왜 우리를 이딴 곳에 가 둔 거야!"

욕설. 사실 유석도 저렇게, 아니, 저보다도 심한 욕설을 퍼 부어주고 싶었다.

아버지와 어머니가 눈앞에서 그렇게 처참하게 돌아가셨으 니까.

하지만 하나의 안위를 위해, 또 자신의 안위를 위해 참고 있을 뿐.

"이 미친 새끼들아! 빨리 말해!"

계속 욕설이 나왔지만 남자는 제지하기는커녕 딱히 기분 나빠하는 기색도 없었다.

하지만 욕을 먹어도 용납하는 대범함이라기보다는 어찌 되든 상관없다는 식으로 무심히 받아들이는 것 같은 게 유석 을 불안하게 만들었다.

'저것들, 대체 뭘 하는 거지?

유석의 의문을 대변하듯 또 다른 우리에 갇힌 사람이 물었 다.

"대체 지금 뭐하려는 거예요? 우릴 어쩌려는 거죠?"

욕설을 들었을 때처럼 저들은 이번에도 대답하지 않았다.

욕을 해도 상관없다. 질문을 들어도 무시한다. 저런 태도를 호의적이라고 해석하기는 어렵다.

그렇게 그들은 감금된 사람들의 말은 무시한 채 제 할 일에만 열중했다.

이리저리 지나다니고 자기들끼리 중얼거리는 와중에 무슨 일인가 진행되고 있는 것은 확실했다.

"실험……."

"순수하고 거대한 마나……."

"붕괴하지 않을 확률은……."

놈들이 저희끼리 지껄이는 소리의 일부가 유석의 귀에도 흘러들어 왔다.

실험, 순수, 거대한 마나, 붕괴.

그러나 저 말들은 그저 알아들을 수 있는 말의 조각에 불과했다.

단어를 들을 수만 있을 뿐 저 단어가 무슨 뜻인지 머리로 이해되지는 않았다.

"말 씹지 말고 대답을 하란 말이야, 미친 새끼들아!"

참지 못한 누군가가 큰 소리로 외쳤다.

게다가 우리까지 들썩거리는 게 상당히 몸부림을 치고 있는 게 분명했다.

그러자 놈들의 패거리에서 한 남자가 소란을 피우는 사람에게 다가가더니 작게 중얼거리며 손가락을 퉁겼다.

그와 동시에 공중에서 길고 가느다란 고드름이 튀어나와 소란을 피우는 사람의 우리를 찔렀다.

"우와악!"

우리에 갇혀 있는 탓에 유석은 뭐가 어찌 된 것인지 자세히 보지 못했다.

하지만 기다란 고드름이 튀어나와 우리를 관통했고, 처절한 비명 소리와 함께 고드름을 타고 피가 흘러내리는 것을 볼 수 있었다.

비록 저 고드름이 관통된 우리 안까지 보지는 못했지만 안에서 끔찍한 일이 벌어졌다는 것 정도는 충분히 알 수 있었다.

"꺄아아악!"

하나가 비명을 내질렀다. 아니, 하나를 비롯한 여러 사람이 비명을 내질렀다.

비명을 내지르지 않은 사람들도 놀라지 않은 것은 아니었다.

그저 유석처럼 놀라 굳어버렸거나 하나처럼 놀라 비명을 내지른 정도의 차이일 뿐.

"조용히 해라."

마술처럼 고드름을 만들어 우리를 찌른 남자가 나지막이 말했다.

효과는 확실했다. 조용히 하지 않으면 자신도 찔릴지 모른다는 두려움은 순식간에 모두를 조용하게 만들었다.

"저놈들 대체……."

유석은, 아니, 갇혀 있는 모두가 똑같은 생각을 했을 것이다. 새삼 느끼는 것이지만 정말 미친놈들이다. 게다가 저 마술 같은 짓거리는 대체 뭐라는 말인가.

모두들 조용해진 탓에 주변은 정적만이 맴돌았다. 더 이상 피가 흐르지도 않았지만 이미 피를 본 상태에서의 정적은 사람을 불안하게 만들기에 충분했다.

이제부터 대체 어떤 일이 벌어지려는 것인가. 생각하면 할수록 부정적인 생각만 떠오른다.

얼마나 시간이 지났을까. 놈들 중 한 명이 다가오더니 조금 전 고드름에 찔린 우리와 다른 우리 하나를 손가락질했다.

"이 둘부터 하는 게 좋겠지."

"&##·*&."

다른 놈이 대답했다. 신기하게도 이전 말은 한국말로 들려왔는데 이번 말은 한국말로 들려오지 않는다.

그들의 대화를 물끄러미 지켜보던 유석은 옷깃에 녹색 구슬을 달고 있는 자의 말은 한국말로 들려오고, 달지 않은 자의 말은 해석이 불가능한 언어로 들려온다는 사실을 깨달았다.

그런데도 두 놈은 대화가 통하고 있었다. 조금 전 마술처럼 고드름이 나타난 것 못지않게, 아니, 그 이상으로 신기한 광경이 아닐 수 없었다.

"그럼 시작하지."

녹색 구슬을 단 놈이 말과 함께 자신이 찍은 우리 둘을 양손으로 가리키며 무어라 중얼거렸다.

그러자 우리 두 개가 천천히 떠오르기 시작했다. 금속으로 되어 있는 우리 자체의 무게도 무게거니와 안에 사람이 한 명씩 들어 있는 우리의 무게는 상당할 것이건만, 분명 우리는 들고 지탱하는 것이 아무것도 없는데도 한 뼘 정도의 높이로 떠올랐다.

와이어를 이용한 트릭이 아니라면 SF에나 나오는 반 중력, 혹은 마술이나 마법이라고밖에 생각할 수 없는 광경이다.

"뭐, 뭐하는 거야!"

공중에 뜬 우리에서 놀란 외침이 터져 나왔다. 하지만 여전히 대답은 돌아오지 않았고, 두 개의 우리는 공중에 뜬 채 놈들을 따라 어디론가 사라졌다.

감금된 동지 중 두 명과 놈들이 알 수 없는 곳으로 사라지자 남겨진 자들의 불안감은 배가 되었다.

"유석아, 그, 그 사람들… 어디로 간 걸까?"

"……."

유석은 쉽사리 대답을 하지 못했다. 상식적으로 이해가 가지 않는 광경을 너무나도 많이 본 터라 앞으로 무슨 일이 벌어질지 짐작조차 하기 어려웠다.

"혹시 무슨 끔찍한 일을 당하는 건……."

"잘 모르겠어. 빌어먹을. 대체 무슨 짓을 하려는 건지."

겁에 질린 하나는 어떻게든 긍정적으로 생각하고 싶은 모양이다.

"벼, 별일 아닐 거야. 그지?"

"으응."

일단은 유석도 맞장구를 쳐주었다. 하지만 이야기를 꺼낸 하나의 목소리가 심하게 떨리고 있었다.

마냥 긍정적으로 생각하기에는 돌아가는 상황이 너무나 불길했다.

그리고 얼마 후,

"으아아아!"

"꺄아아악!"

멀리서 비명 소리가 들려오기 시작했다. 모두들 조금 전 끌려 나간 두 우리 안에 있던 사람들의 비명이라는 것을 본능적으로 알아챘다.

"씨발, 지금 대체 뭔 씨발 같은 일이 벌어지는 거야?"

누군가 쌍욕을 중얼거렸고, 사실 쌍욕이 나올 수밖에 없는 상황이었다.

"아아악!"

얼마간 이어지던 비명 소리는 마침내 단말마와 함께 멎었다.

잠시 후 마술처럼 우리를 띄워 가져갔던 놈이 다시 나타났다.

아직 대낮인지라 옷소매가 피에 젖은 모습이 모두의 눈에 똑똑히 보였다.

그가 다시 손짓하자 이번에는 쌍욕을 중얼거리던 남자와 다른 여자 한 명의 우리가 떠올랐다. 갇힌 채 떠오른 두 사람이 외쳤다.

"씨, 씨발!"

"뭐하는 거야! 살려줘!"

두 사람은 별다른 반항도 못해보고 우리에 갇힌 채 떠올라 끌려 나갔다. 곧 비명 소리가 이어졌다.

"도대체 무슨 일이 벌어지고 있는 거야?"

한 번도 아니고 두 번 연속으로 비명이 울려 퍼지니 나머지 사람들도 자신 또한 그리 되리라는 생각에 불안에 떨지 않을 수 없었다.

유석은 생각해 보았다. 바깥에서 들려오는 비명 소리의 정체는 모르겠지만 아무래도 여기 있으면 무언가 험한 꼴을 당할 것임에 분명했다. 그렇다면 가만히 앉아서 당할 수는 없지 않은가.

유석은 주변을 살피기 시작했다. 다행히도 자신들을 감시하는 녀석은 보이지 않았다.

유석은 조용히 하나에게 말을 걸었다.

"도망치자. 아무래도 여기 있다가는 큰일 나겠어."

"도망치자고? 하지만 어떻게?"

"어떻게든 우리 문을 열어봐. 이대로 있다가는 정말 큰일 나겠어. 이익!"

유석과 하나는 어떻게든 우리 문을 열기 위해 몸에 힘을 주기 시작했다.

다른 사람들 역시 끔찍한 예감을 느낀 것은 마찬가지인지라 어떻게든 도망치기 위해 몸부림을 쳤다.

우리를 살펴보니 직육면체에 한쪽 면만이 열리도록 되어 있는 구조인 듯했다. 그 열리도록 되어 있는 부분이란 바로 우리의 바닥 부분이다.

우리 바닥 연결 부분에 경첩이 달려 있고 걸쇠가 있는 것으로 보아 분명 잠겨 있긴 해도 기본적으로 여닫을 수 있는 구조로 된 것이 분명했다.

그런데 우리 자체가 상당히 튼튼해 보인다.

아무래도 힘으로 우리를 부순다는 것은 현실성이 없었기에 유석은 우리를 굴려야겠다고 생각했다.

"젠장! 굴러라, 굴러!"

좁은 직육면체 우리 안에 갇힌 상황에서 자신을 가둔 우리를 굴리는 것은 쉬운 일이 아니었다.

거기에다 몸을 계속 쓰다 보니 화살을 맞았던 팔이 욱신거렸다.

고통만 심해진 것이 아니라 상처도 벌어진 것인지 멎었던 피가 다시 흘러내리기 시작했다.

하지만 지금은 팔의 상처 따위에 신경을 쓸 때가 아니었다.

유석은, 그리고 다른 사람들도 어떻게든 우리에서 나가기 위해 용을 쓰며 몸부림쳤다.

그러다 마침내 유석이 첫 번째로 우리를 한 번 굴리는 데 성공했다.

"으윽."

우리가 90도로 구르면서 유석의 몸도 굴러 앞으로 고꾸라졌다. 덕분에 우리의 열리는 면이 바닥이 아닌 측면으로 향하게 되었다.

유석은 우리의 측면을 걷어차기 시작했다. 다른 사람들도 유석을 따라 하나둘 우리를 굴리고 측면을 걷어찼다.

얼마 후 마침내 철컹 하는 소리와 함께 걸쇠가 부서지며 유석을 가두고 있던 우리가 열렸다.

밖으로 빠져나온 유석은 아직 우리에서 나오지 못하고 있는 하나를 도와주었다. 그렇게 두 사람 모두 우리에서 빠져나오는 데 성공했다.

"고마워, 유석아."

"그보다 다른 사람들도 도와주자."

"알겠어."

그저 남들을 도와주겠다는 아가페적인 마인드로 돕겠다는 것이 아니었다.

어차피 미친놈 무리 한가운데에서 빠져나가려면 혼자나 둘보다는 여기 모두의 힘이 필요할 것이다.

그렇게 유석이, 하나가, 그리고 빠져나온 다른 사람들이 서로를 도운 덕분에 모두들 얼마 지나지 않아 우리에서 나와 자유의 몸이 되었다.

숫자를 세어보니 남은 사람은 정확히 열 명이었다. 모두들 본능적으로 목소리를 죽이고 대화를 시작했다.

"이제 어쩌죠?"

"아무튼 빨리 여길 나가야지."

"하지만 여긴 그 미친놈들 소굴이라고요."

"지체하면 안 돼요. 언제 그놈이 다시 올지 몰라요."

"아무튼 여길 빠져나가 뜁시다. 어디 지하철에라도 들어가 숨든가 경찰서에라도 가면 안전하겠지."

"아니면 가다가 아무 차나 잡아타고 도망칠 수도 있고요."

일단 무조건 이곳을 나가자는 의견이 많았다. 하지만 반대하는 의견도 적지 않았다.

"그놈들이 지키고 있지 않을까요?"

"그놈들, 활을 쏘고 칼도 휘두르던데 그냥 나갔다가 개죽음을 당하면 어쩌려고요?"

"그냥 나가는 건 자살 행위입니다. 차라리 어디 근처에 숨어서 살피는 게 낫지 않을까요?"

아무튼 여기를 나가야 한다. 무작정 나가는 것은 자살 행위이니 침착하게 살피자. 두 의견 모두 나름대로 설득력이 있었다.

그래도 의논이 진행되면서 이곳을 빠져나가 전력을 다해 도망치자는 것으로 의견이 모아졌다.

"빨리 움직여야 해요. 그놈들이 다시 오면 우린 다 죽을 거라고요."

"아무튼 여기서 빨리 벗어납시다. 방법은 그것뿐이에요."

"확실히……."

언제 놈들이 다시 올지 모르는 터라 시간이 없었고, 여기 모인 사람들이 전문적인 작전을 수행할 수 있는 특수부대 요원 같은 것도 아닌지라 확실히 다른 방법이 없었다.

하지만 무작정 나가는 대신 침착하게 살피고 신중하게 움직이기로 결정했다.

대충 의견이 모아지자 한 사람이 나서서 바깥을 살피기 위해 살며시 천막 문을 열었다. 그러다 금세 눈이 동그래져 모두에게 말했다.

"씨발. 놈이 오고 있어."

욕이 나올 수밖에 없는 상황이다. 유석은 본능적으로 무기가 될 만한 것을 찾았다.

하지만 무기로 쓸 만한 것이라고는 땅바닥에 떨어진 돌멩이밖에 없었다.

그것이나마 챙긴 유석은 하나에게도 돌멩이 하나를 준 뒤 어떻게든 몸을 숨길 만한 곳을 찾았다.

무작정 나가는 것은 위험한 것 같아 천막 안에 숨어서 기회를 볼 생각이었다. 그러나 모두가 유석과 생각이 같은 것은 아니었다.

"도망쳐!"

누군가가 천막 문을 열어젖히더니 무작정 달려 도망치기 시작했다. 그런 그를 뒤따라 역시 도망치기를 택한 몇 사람이 흩어졌다.

"잡아라!"

외침 소리와 함께 활시위 소리와 또 다른 무언가가 날아가는 소리가 들리더니 비명 소리가 뒤를 이었다.

유석은 비록 바깥의 돌아가는 상황을 보지는 못했지만 모두가 붙잡혔다는 사실을 짐작할 수 있었다.

"비, 빌어먹을……."

진퇴양난이었다.

바깥으로 도망치면 조금 전 비명을 지른 사람들과 똑같은 운명을 맞이할 것이다.

그렇다고 이 천막 안에 숨을 곳이 있는 것도 아니다. 유석을 비롯한 천막 안의 사람들은 이러지도 저러지도 못한 채 방황할 수밖에 없었다.

얼마 뒤, 마침내 천막 문이 열리며 놈이 모습을 드러냈다.

그는 우리에서 나온 사람들을 보고도 놀라기는커녕 다 짐작하고 있었다는 듯 태연했다.

천막 안에 있는 사람은 총 여섯 명.

모두들 유석을 따라 한 건지 자신이 생각한 건지 돌멩이를 들고 있었다.

들어온 놈은 돌멩이를 든 채 자신을 바라보는 여섯 사람의 모습에 빙그레 웃었다.

"여기서 도망치려고?"

"에라이!"

한 남자가 대답 대신 들고 있던 돌멩이를 던졌다.

주먹보다도 커다란 돌멩이가 정확히 놈을 향해 날아갔다.

꽤나 크고 무거운 돌이라 만일 머리에 맞으면 운 없으면 뇌진탕으로 죽을 수도 있으며 다른 곳에 맞아도 적잖은 부상을 피할 수 없을 것이다.

돌멩이는 정확하게 놈의 머리로 날아갔다.

그놈은 정말 미쳤는지 돌이 날아오는데도 그저 빙긋 웃다.

그러나 돌멩이는 놈의 두개골을 부수는 대신 머리 위 허공에서 무언가에 부딪친 듯 멈췄다가 힘없이 아래로 떨어졌다. 마치 눈에 보이지 않는 벽에라도 부딪친 것 같았다.

"어리석은 놈들."

놈이 떨어진 돌멩이를 가리키며 손가락을 퉁겼다. 그러자 돌멩이가 저 혼자 공중으로 떠오르더니 돌을 던진 남자에게로 날아갔다. 그대로 돌멩이를 얻어맞은 남자가 비명과 함께 쓰러졌다.

"마나 볼트."

이어 그놈의 주변에 푸른빛 덩어리가 여러 개 생성되었다.

야구공만 한 빛 덩어리들은 그의 주변을 빙글거리며 돌더니 갑자기 흩어져 다른 사람들을 덮쳤다.

놀란 사람들이 피하자 그대로 날아가지 않고 방향을 꺾어 다시금 덮쳐왔다.

따라서 적중률이 100%에 가까울뿐더러 위력도 상당했다.

맨 처음 빛 덩어리에 맞은 두 사람은 찍소리도 못하고 그대로 기절했다.

"뭐, 뭐야?"

"도망쳐!"

사람들은 제각각 흩어져 도망치기 시작했다. 유석도 하나를 붙잡고 달려나갔다. 일단 이곳을 빠져나가는 것이 목표였다.

하지만 푸른빛 덩어리는 유도탄처럼 정확히 사람들을 덮쳐왔다.

빛 덩어리에 맞은 사람은 찍소리도 못하고 쓰러지거나 단말마를 내지르고 쓰러진 차이가 있을 뿐 모두들 쓰러지는 것은 마찬가지였다.

한 방을 맞고 의식을 잃지 않은 자들은 또다시 덮쳐온 빛 덩어리 공격을 두 대, 세 대 맞고는 마침내 의식을 잃고 쓰러졌다.

유석과 하나는 그나마 오래 버틴 편에 속했다. 하지만 본격적으로 빛 덩어리가 그들을 노리기 시작하자 둘의 운명도 앞선 사람들과 다를 게 없었다.

"아악!"

등판에 빛 덩어리를 얻어맞은 하나가 비명과 함께 나둥그라졌다.

"하나야!"

유석이 몸을 날려 다시 하나를 노리고 날아온 빛 덩어리를 막으려 했다. 빛 덩어리는 하나 대신 유석의 몸뚱이를 가격했다.

"으윽!"

단말마와 함께 유석도 바닥에 쓰러졌다. 다시 빛 덩어리가 두 사람을 덮쳐 확인 사살을 하듯 둘을 의식 불명 상태로 만들어 버렸다.

이렇게 힘들게 우리를 빠져나온 그들은 다시 붙들리는 신세가 되고 말았다.

미친놈은 히죽거리며 모두를 다시 우리에 집어넣은 뒤 다시 두 명씩 데리고 사라지는 일을 반복했다.

"사, 사람 살려!"

의식을 잃고 우리에 갇힌 사람들 위로 아득한 비명 소리가 퍼져 갔다.

이렇게 두 명씩 끌려가고 마지막으로 유석과 하나의 차례가 되었다.

"으으윽."

온몸이 찌릿찌릿한 느낌에 정신을 차린 유석은 자신이 몸도 제대로 가눌 수 없을 만큼 좁은 금속 우리 안에 갇혀 있다는 사실을 알았다.

힘들게 우리에서 탈출했는데 원점, 아니, 그보다도 상황이 나빠져 버린 것이다.

일단 유석은 하나부터 찾았다. 조금 전과 마찬가지로 바로 옆에 역시 우리에 갇힌 채 막 정신을 차리고 있는 하나의 모습이 보였다.

"하나야, 괜찮아?"

"유, 유석아."

"다친 데는 없어?"

"난 괜찮아. 그보다 네가……."

확실히 하나는 눈에 띄는 상처는 없었다.

반면에 유석은 이미 화살을 한 대 맞은 상황에 제대로 치료를 받지 못한 탓인지 상처 부위가 쑤셔오는 데다 피도 계속 흐르고 있었다. 그래도 유석은 내색하지 않았다.

"나도 괜찮아. 네가 다친 곳이 없다니 다행이야."

"너 조금 전에 다친 곳은?"

"그곳도 괜찮아."

"괜찮지 않잖아. 지금 거기서 피 나는 거 아냐?"

"별거 아냐. 곧 멎을 거야."

아무래도 유석의 상처가 걱정이 되는지 하나는 유석의 팔에서 눈을 떼지 못했다.

유석이 일부러 밝은 표정으로 몇 번이나 괜찮다고 말한 뒤에야 하나는 다른 곳으로 시선을 돌렸다. 하지만 돌아보지 않는 편이 나았을 것이다.

"히익!"

주위를 둘러본 하나가 눈을 둥그렇게 뜨고 부들부들 떨기 시작했다.

하나를 떨게 만든 것은 주변의 다른 우리의 모습이었다. 텅빈 우리가 피로 더럽혀져 있고 산산조각 난 고깃덩어리가 널브러져 있는 끔찍한 광경이 보였다.

분명 저 우리 안에 살아 있는 사람들이 들어 있었는데 지금은 살아 있는 사람은 보이지 않고 피바다로 변해 고깃덩이만 보인다면 대체 산 사람들은 어디로 갔다는 말인가.

설마 저 피와 고깃덩이가…….

"빌어먹을."

욕을 잘 하지 않는 유석의 입에서 비속어가 튀어나왔다.

최악의 가정이 자꾸 머릿속에서 맴돌았다. 자신들도 저런 신세가 되어버린다는…….

"뭐, 뭐야, 이거? 설마 그 사람들이 이렇게?"

"……."

"저, 정말 그 사람들이 이렇게 되어버린 거야? 설마 우리도 이렇게? 꺄아악!"

상상만으로도 소름이 끼치는 일이라 하나가 비명을 지르는 것도 무리가 아니다.

"괜찮아, 하나야. 진정해."

입으로는 이렇게 말해도 유석 역시 부들부들 떨리는 것은 어쩔 수 없었다.

그러던 유석은 한 무리의 인간이 다가오는 것을 보았다. 보아 하니 놈들 패거리인 듯했다.

"우릴 어떻게 할 생각이야!"

두려움 탓인지 유석은 자기도 모르게 목소리를 높였다. 하지만 우리에 갇힌 채 소리를 지르는 유석에게 위축되는 자는 한 명도 없었다.

놈들 선두에 있는 중년 남자가 말했다.

"기세가 좋은 놈이군."

남자는 옷깃에 녹색 구슬을 달고 있지 않았지만 그의 말은 한국말로 들려왔다.

그것만으로도 범상치 않은데다 남자의 의상이나 풍모를

보건대 상당히 높은 사람의 느낌이다.

"넌?"

"내 이름은 마커스. 블랙드래곤 군단 군단장이다."

"블랙드래곤 군단?"

블랙드래곤 군단이란 아마도 이놈들 패거리의 이름일 것이다.

놈들 패거리 이름치고는 멀쩡하다고 속으로 중얼거리며 유석은 다시 말했다.

"부탁이야. 댁들이 뭘 원하는지는 모르겠지만 우릴 풀어줘. 나나 하나나 댁들에게 잘못한 건 없잖아. 풀어줘. 부탁이야. 아니, 부탁합니다. 제발."

존댓말로 바뀐 유석의 말투에도 불구하고 마커스는 냉소를 지을 뿐이다.

"풀어 달라? 아직도 그런 헛된 희망을 품고 있는 것인가?"

"도대체 왜 우릴 가둔 겁니까? 원하는 게 뭐예요?"

"원하는 것? 한마디로 말해 너희 자체다. 너희는 소중한 실험체들이니까."

"실험체?"

인간을 실험체라 지칭한다. 즉, 옛날 731부대에서 자행하던 인체 실험의 마루타 취급이 아닌가.

진지하게 말하는 것으로 보아 유석으로서는 이렇게 결론

내릴 수밖에 없었다.

저놈들은 미친 정도가 아니라 완전히 미친놈들이라고.

"사, 사람을 가지고 실험을 하겠다고?"

"말하자면 그렇지."

"지금 농담하는 겁니까?"

"아니. 나는 사실만을 말하고 있는 거야."

거기까지 말한 마커스라는 녀석은 유석과의 대화를 중단하고 패거리를 돌아보며 말했다.

"그러면 실험을 시작하도록."

"이봐요, 이봐요!"

아무리 불러도 마커스는 들은 체도 하지 않았다. 유석의 목소리가 높아지고 말투가 험해지기 시작했다.

"그, 그만두지 못해, 이 새끼들아!"

하나와 자신의 안위를 생각해서 부모님이 살해당한 분노도 참고 있었건만, 이들의 언동은 그 참을성의 한도를 넘게 만들기에 충분했다.

"그만둬! 꺄악! 살려줘요!"

하나도 자신의 운명을 짐작하고는 패닉 상태에 빠져 몸부림을 쳐댔다. 눈물까지 흘리면서 울음 섞인 비명을 내질렀지만 마커스는 조금도 동요하지 않았다.

"너무 시끄럽군."

마커스가 손가락을 퉁기자 두 우리에 자그마한 벼락이 내리쳤다.

"으아악!"

유석은 찌릿찌릿한 충격과 함께 몸에서 힘이 빠지는 것을 느꼈다. 하나도 마찬가지로 축 늘어져 버렸다.

"비, 빌어먹을."

서서히 의식이 흐려져 갔다. 이런 상황에서 의식까지 잃어버리면 정말로 큰일이 날 것 같아 정신을 놓지 않으려 애썼지만 몸은 유석의 의지를 따라주지 않았다.

결국 유석도 하나도 정신을 잃어버렸다.

*   *   *

얼마나 시간이 지났을까. 귓가에 어른거리는 말소리에 유석은 희미하게 정신이 들었다.

천천히 눈을 떠보니 마커스의 패거리가 우리 주변으로 몰려들고 있었다.

"#**&##(*#."

"&#·(())(."

마커스의 패거리가 뭐라 지껄이는지는 알아들을 수 없었다.

하지만 유석과 하나를 가둔 두 우리 주변으로 몰려드는 것만으로도 불안감을 갖기에 충분했다.

마커스 패거리가 무어라 주문 같은 것을 중얼거리자 푸른 안개 같은 빛 무리가 우리 주위를 둘러쌌다.

"으, 으으……."

겁에 질린 하나가 신음 소리를 냈다. 유석도 겁에 질린 것은 마찬가지였다.

어떻게 말로나마 하나를 안심시켜 주고 싶었지만 굳어버린 입에서는 신음 소리밖에는 나오지 않았다.

벼락을 맞은 충격 탓인지 입이 제대로 움직여지지가 않았다.

서서히 우리를 감싼 푸른빛 무리는 마침내 우리 안까지 잠식해 들어왔다.

빛 무리가 피부에 닿은 순간 유석과 하나는 일반적인 공기와는 다른 느낌을 받았다.

끓는 물의 수증기처럼 뜨겁지도, 드라이아이스의 연기처럼 차갑지도 않지만 촉각으로 느껴지는 느낌 자체가 일반 공기와는 달랐다.

한 번도 느껴본 적 없는 감각에 두 사람은 본능적으로 몸을 움츠렸다. 하지만 계속해서 다가오는 빛 무리는 두 사람을 건드렸고, 마침내 피부를 타고 몸속으로 흡수되기 시작했다.

"뭐하는 거야……."

유석이 힘없이 중얼거렸다. 마커스라는 녀석이나 옷깃에 녹색 구슬을 단 녀석은 분명 유석의 중얼거림을 알아들었을 것이다.

하지만 유석에게 대답해 주는 자는 아무도 없었다. 화가 치민 유석이 없는 힘을 짜내어 목소리를 높였다.

"지금 무슨 짓을 하는 거냐고! 너희 한국말 할 줄 알잖아!"

소리를 질러도 대답은 돌아오지 않았다. 소리를 지르는 유석도, 뭐라 말조차 꺼내지 못하는 하나도 불안하기는 마찬가지였다. 그리고 그들의 불안은 곧 상상 이상의 현실로 돌아왔다.

푸른빛이 몸속으로 계속 주입되던 어느 순간, 유석과 하나가 거의 동시에 눈을 부릅떴다. 몸속에서 무언가가 끓어오르는 기분이 느껴진 탓이다.

몸속에서 끓어오르는 무언가는 몸 밖을 벗어나지 못하고 몸속에서 요동쳤다.

이윽고 그 느낌은 머리끝에서 발끝까지 몸 전체가 산산이 흩어지는 듯한 고통으로 두 사람을 덮쳐왔다.

"으아아악!"

"꺄아아악!"

처절한 비명 소리가 주변을 가득 메웠다. 하지만 비명 소리에도 불구하고 빛의 주입은 계속되었고, 고통은 더해졌다. 두 사람은 연신 비명을 지르는 수밖에 없었다.

끔찍한 고통에 시달리던 유석의 시야에 자신들을 관찰하는 그들의 모습이 보였다.

그들 중 어떤 이는 딱딱하게 굳은 채 호기심 어린 눈으로 관찰했으며, 고통스러워하는 자신들의 모습을 보며 가학적인 미소를 짓는 자들도 있었다.

하지만 그들 중 누구도 자신과 하나가 당하는 고통에 동정하거나 죄책감을 느끼는 자는 보이지 않았다. 그러니 지금 펼쳐지는 끔찍한 행위를 말리는 자가 없는 것은 당연했다.

"개, 자식들! 크아아악!

1초가 영원하게 느껴지는 지옥의 고통.

연신 계속되는 고통에 정신이 흐릿해지다가도 끝내 기절하지 못하고 다시 고통으로 인해 정신이 돌아오는 일이 반복되었다.

이제 아무런 생각도 할 수 없었다. 그저 어떤 형태로든 이 지옥 같은 고통이 끝나기만을 바랄 뿐.

탕!

그런 유석의 귀에 낯선 소리가 들려왔다. 군대에서 여러 번 들어본 소리.

총소리가 틀림없었다.

5장
이 지옥 같은 차원

마나 주입 실험은 실험체의 끔찍한 고통과 죽음이 반드시 수반되는 실험이다.

가우스도 마법대학에 다니던 시절 몇 번 실험을 관찰하면서 몬스터들이 고통에 비명을 내지르며 몸부림치다 죽어가는 광경을 보았다.

비록 추하게 생겼고 이성 따위는 없는 몬스터이지만 그렇게 끔찍하게 죽어가는 광경을 유쾌하게 바라보지는 못했다.

하지만 이성이 없는 하등한 몬스터가 학문을 위해 목숨을 바치는 것은 당연하다는 논리에 대부분이 그렇듯 가우스도 공감하며 눈앞에서 끔찍한 광경을 참아 넘겼을 뿐이다. 하물며 지금은 인간이다.

"으아아악!"

"꺄아아악!"

마지막으로 남은 두 실험체의 몸에 마나가 주입되는 순간, 둘의 입에서 비명이 터져 나왔다.

아마 저들의 운명도 이전까지의 실험체들과 똑같을 것이다. 저렇게 고통에 시달리다 마침내는 죽음을 맞이할 것이다.

이미 실험이 끝난 실험체들과 이 실험체들까지 견딘 마나량의 평균치를 내어 언젠가 이 차원의 인간들로 마법사 노예를 만들 필요가 있을 때 유효한 자료로 삼는다.

제국의 입장에서는 반드시 필요한 실험이라는 것을 가우스도 잘 알고 있지만, 역시 저런 광경을 직접 보는 것은 마음이 불편했다.

하지만 불편한 마음을 내색할 수도 없었다. 슬쩍 주위를 둘러보니 모두들 무덤덤하거나 심지어 지금의 풍경을 즐기는 자들도 있었다.

게다가 자신이 보좌하는 마커스 군단장도 즐기는 자에 속했다. 마커스의 입가에 떠오른 미소를 보면 확실했다.

그런 상황에서 자신이 불편한 기색을 드러내면 나약한 녀석 취급을 받을지도 모른다.

그렇잖아도 평민 주제에 지나치게 빠른 출세를 하고 있다며 가우스를 곱지 않은 눈길로 바라보는 자들이 군단 내에도 적지 않은 상황에서 그런 취급을 받는다면 언젠가 앞길을 가로막는 약점이 될지도 모른다.

얼마나 노력해서 이 자리까지 올라왔는데 그렇게 미끄러질 수는 없었다.

가우스는 자신의 심경을 억누른 채 감정이 느껴지지 않는 차가운 표정을 연기하며 실험 광경을 지켜보았다.

"개, 자식들! 크아아악!

실험체들은 우리에서 뒹굴며 미친 듯 몸부림을 치고 비명을 질러댔다.

하지만 주변의 마나는 그들의 몸속으로 계속해서 주입되었다.

몸이 붕괴되거나 준비된 마나가 전부 주입되기 전까지 이 실험은 끝나지 않는다.

시간이 흐르고, 준비된 마나의 절반 정도가 흡수되었다. 일반적인 제국민이라면 이미 육체가 견디지 못하고 붕괴되었을 것이다.

지금까지의 실험을 돌이켜 보면 이 차원의 종족들도 제국민에 비해 특별히 마나를 잘 받아들이거나 하지는 않는 것 같았다.

아마 같은 인간 종족이라 제국민이나 이 차원의 종족들이
나 마나를 받아들이는 것은 비슷한 것 같았다. 아마 정말 운
이 좋은 선택받은 자가 아니라면 저들도 머잖아 죽음을 맞이
하겠지.

이미 저 두 실험체도 무리가 왔다는 것은 지금의 비명과 몸
부림으로 명백했다.

사실 강제로 마나를 몸에 주입하는 행위 자체가 육체에 무
리를 주는 일이다.

물론 제국에서는 마나를 사람에게 주입시켜 인공 마법사
를 만드는 일이 흔했다. 그러나 인공 마법사를 만들 때는 사
람의 몸이 상하지 않도록 가공된 마나를 최대한 천천히, 안정
적으로 주입한다.

반면에 지금 하는 것은 순수한 마나를 들이붓듯 주입시켜
육체를 붕괴시키는 실험에 가깝다. 정말 드물게 육체가 마나
에 적응하여 변형이 되지 않는 한 죽음을 피할 수 없는 것이
다.

그래도 아직까지는 남자 실험체든 여자 실험체든 아직 육
체가 붕괴될 기미는 보이지 않았다. 지켜보던 마커스가 흥미
롭다는 듯 말했다.

"생각보다 오래 버티는군."

"그런 것 같습니다. 여기까지 버티기 어렵다고 생각했습니

다만."

"이미 흡수한 마나만 해도 육체가 오래 버티지는 못할 것이다. 하지만 어쩌면 둘 다 끝까지 갈 수 있을……."

탕!

마커스의 말을 자르듯 요란한 폭발음이 울려 퍼졌다. 모두의 시선이 폭발음이 울린 쪽으로 쏠리는 가운데 마커스가 마법사들에게 명령을 내렸다.

"너희는 실험을 계속하도록."

"네, 군단장님."

명령을 내린 마커스는 가우스를 대동하고 이동하기 시작했다.

그 와중에도 탕탕 하는 폭발음이 몇 번 더 울려 퍼졌다. 마커스는 자신을 뒤따르던 가우스에게 물었다.

"이게 무슨 소리인 것 같나?"

"잘 모르겠습니다. 저는 처음 듣는 소리입니다."

"나도 마찬가지다. 우리 쪽에서 내는 소리는 아닌 것 같은데……. 이 차원 놈들의 짓인가?"

이동하던 마커스와 가우스는 오래잖아 소리의 근원을 발견할 수 있었다.

소리가 들려온 쪽으로 아득히 보이는 끝에 무언가 서 있는 형상이 보였다.

안력을 강화시켜 먼 곳의 풍경을 잘 볼 수 있게 해주는 이글 아이 마법을 시전해 살펴보니 하얀 상의에 검정 바지를 입은 남자 한 명이 ㄱ 자 모양의 쇳덩어리를 양손으로 쥔 채 근방의 군단병들에게 겨누고 대치하고 있었다.

곧 남자가 쥐고 있던 쇳덩어리가 불을 뿜으며 다시 요란한 폭발음이 울려 퍼졌다. 그러자 최전방에 있던 한 군단 병사가 피를 뿜으면서 쓰러졌다.

"뭐지?"

"어쨌든 쏴라!"

폭발음에 정신이 팔려 있던 병사들이었지만 전우 한 명이 쓰러지자 금세 정신을 차리고 남자에게 화살을 퍼부었다.

화살에 맞아 고슴도치가 되어 쓰러진 남자에게 병사 몇 명이 다가가 옷을 벗기고 가진 것을 모조리 빼앗았다.

새로운 차원의 존재가 무언가 눈길을 끄는 물건을 가지고 있으면 따로 명령을 받지 않아도 죽이던 살리던 무조건 빼앗아 조사를 하는 것이 차원정복전쟁의 기본 방침이었다.

"대체 이게 뭐지?"

"글쎄. 무기의 한 종류 같은데……."

몇 명의 마법사가 달려와 남자에게서 빼앗은 물건들을 조사하기 시작했다.

조금 전 폭발음과 함께 피를 뿜으며 쓰러진 병사는 얼굴에 관통상을 입고 숨이 끊어졌다.

이 관통상의 원인이 이 ㄱ자 쇳덩어리인 것 같았지만, 별로 크지도 않을뿐더러 마법의 기운도 없는 이 물건이 어떻게 저런 상처를 입힐 수 있는지 마법사들은 이해가 가지 않았다.

"어디 보자. 이 구멍에서 불길이 나온 것은 틀림없는 것 같은데……."

"거기 쇳덩어리가 굽혀진 부분에 있는 것은 뭔가?"

"이것? 그리고 보니 죽은 놈이 분명 이 물건을 이렇게 쥐었지?"

한 마법사가 ㄱ자 쇳덩어리를 양손으로 쥐었다. 그러고 보니 잡은 부분에 한 번도 본 적 없는 재질로 우둘투둘하게 처리되어 손에 착 감기는 느낌이다. 아마 본래 손으로 잡으라고 만든 부분일 것이다.

그 부분을 쥔 채 쇳덩어리를 이리저리 휘둘러보던 마법사는 문득 쇳덩어리의 굽혀진 부분에 작게 튀어나온 쇳조각이 있는 것을 발견했다.

자그마한 게 초승달 모양으로 굽혀진 게 손가락을 걸기에 알맞아 보였다.

마법사는 무심결에 튀어나온 쇳조각에 손가락을 걸었다.

탕!

다시 한 번 폭발음이 울려 퍼지며 마법사 근처에 서 있던 병사가 비명과 함께 팔을 부여잡으며 쓰러졌다.

놀란 마법사도 그제야 이 초승달 모양의 튀어나온 부분과 폭발음의 상관관계를 깨달았다.

마법사는 쇳덩어리를 하늘 쪽으로 향하게 하고는 다시 손가락을 걸고 당겨보았다. 이번에는 찰칵 하는 소리만 날 뿐 별다른 일이 없었다.

"이것이 그 소리를 만든 물건이라고?"

결국 쇳덩어리는 군단장 마커스에게 바쳐졌다. 마커스의 손으로 넘어간 쇳덩어리는 어떻게 놀려도 찰칵거리기만 할 뿐 다시는 그 요란한 소리를 내지 않았다.

이어 쇳덩어리의 주인이었던 남자의 시신이 마커스 앞에 끌려왔다.

얼굴이나 신체는 별다를 게 없지만 유독 각이 잡힌 복장이 눈길을 끌었다.

마커스는 그것이 일종의 제복이라는 것을 알아보았다.

"이 세계의 군인 같은 것인 모양이군."

경험 많은 마커스와는 달리 가우스는 쉽사리 납득하지 못했다.

"군인이라고 하셨습니까?"

"아직은 내 생각일 뿐이지만."

"갑옷도 창칼도 들지 않은 것으로 보입니다만."

"창칼 대신 이것이 있군."

마커스는 남자의 허리에 매여진 채 덜렁거리던 검정색 몽둥이를 집어 들었다.

지금 마커스가 든 쇳덩이처럼 신기한 물건이 아닌 단순한 몽둥이처럼 보였기에 자세한 조사는 하지 않았다.

몽둥이를 몇 차례 휘둘러본 마커스가 가우스에게 몽둥이를 넘겨주며 물었다.

"무엇으로 만든 것인지 알겠나?"

몽둥이를 만져본 가우스가 고개를 갸웃거렸다. 무슨 재질인지는 모르겠지만 이상하게 가볍고 부드러운 느낌이어서 사람이나 몬스터의 두개골을 분쇄하기에는 그다지 적절하지 않아 보였다.

"몽둥이 같기는 한데… 이런 것을 어떻게 무기로 쓴다는 말입니까?"

가우스의 의문은 마커스의 의문이기도 했다. 창칼이 아니라 몽둥이라면 군인이 쓰는 무기로서는 약한 듯 보이지만 그래도 보조 무기로 군인이 몽둥이를 장비할 수는 있다.

그러나 아무리 보조 무기라도 해도, 아니, 보조 무기인 만큼 비상시에 그 보조 무기만 가지고 싸울 때를 대비하여 가급적 강하게 만들어야 할 것이다.

예를 들어 몽둥이라면 금속이나 단단한 나무로 만들어 일격에 적의 두개골을 박살 낼 수 있도록 말이다.

그런데 이 몽둥이는 달랐다. 이상하게 가볍고 유연한 재질로 되어 있는 게 마치 상대를 때려잡기 위해 만든 무기가 아니라 상대를 최대한 다치지 않도록 하기 위해 만든 무기라는 느낌마저 들 지경이다.

가우스는 아무래도 이해를 하지 못하겠는지 고개를 갸웃거렸고, 마커스도 마찬가지였다.

"이 괴상한 소음을 낸 무기도 그렇고, 몽둥이도 그렇고, 무언가 이 차원의 군대는 우리의 상식과는 조금 다른 녀석들이 아닌가 싶군."

"혹시 군대가 아닌 것은 아닐까요? 한 국가에 소속된 군인이라면 부대에 소속되었거나 할 것인데 혼자서 반항하다가 이렇게 죽은 것부터가 이상합니다."

"그럴 수도 있겠지. 아니면 이 차원의 경비병 같은 것인데, 그 경비병이……."

탕! 탕! 탕!

마커스와 가우스는 또다시 울려 퍼진 폭발음에 대화를 중단했다.

이번에는 여러 번, 그것도 한 장소가 아닌 여러 장소에서 동시다발적으로 울렸다.

마커스는 근처에 있는 군단 병사에게 명령을 내렸다.

"이곳의 인간을 한 놈 잡아와라."

"알겠습니다!"

명령을 받은 군단 병사들이 오래잖아 피투성이가 된 여자 한 명을 잡아왔다.

서늘한 날씨에도 불구하고 무릎도 오지 않는 짧은 치마를 입은 게 눈길을 끌었다.

제국에서는 무희, 창녀, 취향이 조금 독특한 마법사 등이 아니라면 이런 날씨에 여자가 저런 복장을 한다는 것은 상상도 못할 일이다.

이 여자는 이 차원의 창녀인가? 속으로 중얼거리며 마커스는 가만히 주문을 중얼거리며 통역 마법을 시전했다.

통역 마법은 큰 마나가 소비되는 마법은 아니지만 시전 자체가 어려운 고급 마법에 속하는 터라 엄지손가락만 한 녹색 구슬, 곧 통역 마법 구슬을 이용하는 것이 보편적이었지만 한 군단을 이끄는 군단장인 마커스는 이 자리에서 바로 시전하는 것이 가능했다.

마법 시전을 마친 마커스의 입이 열렸다.

"내 말을 알아듣겠는가?"

여자가 부들부들 떨면서 고개를 끄덕였다. 마커스가 조금 전 끌려온 남자 시체를 가리키며 물었다.

"이자는 너희의 군인인가?"

"……."

겁에 질린 탓인지 여자는 쉽사리 말을 꺼내지 못했다. 그러자 군단원 한 명이 위협적인 표정을 지으며 칼을 뽑아 들었다.

말하지 않으면 죽인다는 뜻임을 알아본 여자가 비명을 지르며 말했다.

"아, 아니요! 경찰이에요, 경찰!"

"경찰?"

"그래요! 제발… 제발 살려줘요!"

"경찰이라면 군인의 한 종류인가?"

"그야 우리를 지켜주는 사람… 사, 살려줘요!"

겁에 질린 데다 부상을 입은 여자는 제대로 말할 정신이 아닌 듯했다.

마커스가 손짓을 하자 군단원이 여자를 베었다. 외마디 비명과 함께 여자는 피를 흘리며 바닥에 나뒹굴었다.

곧 군단원들이 여자의 시체를 치웠다. 마커스가 가우스를 돌아보며 물었다.

"경찰이라는 게 경비병을 말하는 단어인가?"

"저도 그 비슷한 것이라고 생각하던 참입니다."

"괴상한 소리를 내는 무기에 장난감 같은 몽둥이라…….
경비병의 무장이 이 수준이고 여기 군대의 무장도 이 정도 수준이라면 이 차원도 큰 무리 없이 제압할 수 있겠군."

확실히 그랬다. 탕탕거리는 폭발음이 가끔 울려 퍼지면서 아군 병사들이 몇 다치기는 했지만 군단의 진격에 큰 위협은 되지 못했다.

모든 전투가 이런 식이면 이 차원을 지배하는 것도 그렇게 힘든 일은 아닐 것이다.

바로 그때였다, 하늘에서 굉음이 들려온 것은. 군단원들이 하늘을 올려다보니 무언가가 무리지어 날아오는 광경이 보였다.

"새나 유성은… 아닌 것 같은데."

눈을 가늘게 떠도 형체를 알아볼 수 없자 가우스는 조금 전 경찰이라 불리는 남자를 관찰할 때 썼던 이글 아이 마법을 시전했다.

그러자 길쭉한 몸체에 몸 가운데에는 한 쌍의 커다란 날개가, 몸 끝에는 한 쌍의 자그마한 날개가 달린 괴이한 무언가의 무리가 드래곤도 놀랄 만큼 빠른 속도로 날아오고 있었다.

정체는 알 수 없지만 블랙드래곤 군단의 공중 전함이 하늘에 정박해 있고 그 아래에서는 군사 작전을 펼치고 마법 실험을 벌이고 있는 바로 이 장소를 향해 날아오는 것이 틀림없었다.

"군단장님, 저것들은 아무래도……."

"알고 있다."

마커스의 표정이 꽤나 심각해졌다. 잠시 생각하던 마커스는 곧 명령을 내렸다.

"전 함대 전투 준비!"

명령을 들은 군단원들이 공중 전함을 향해 신호를 보냈다. 신호를 받은 공중 전함은 지체없이 전투 준비에 들어갔다.

블랙드래곤 군단의 모든 함대는 마나를 주입하면 자동으로 마법으로 변환되어 목표물에 명중하면 폭발하는 거대한 불덩어리를 발사하는 마법포로 무장하고 있었다.

수백 미터에 달하는 사거리에 명중률도 높아 어지간한 비행 몬스터 따위는 한 방에 산산조각 난 바비큐로 만들어 버릴 수 있었다.

거기에다 함대 안에 공격 마법에 능한 마법사들도 여럿 상주하고 있으니 비행 몬스터 따위는 두려워할 게 못 되었다.

이런 사실을 가우스는 잘 알고 있었다. 그러나 왠지 모르게 불길한 예감이 들었다.

지금 날아오는 저것들은 살아 있는 것 같지가 않았고, 또 너무나 빨랐다.

저것들이 인공물이라면, 지금 자신들의 세계를 공격하고 있는 우리에게 맞서기 위해 날아오는 것이라면…….

불안해진 가우스의 눈에 하늘을 나는 무언가가 자그마한

비행체 몇 개를 뱉어내는 광경이 포착되었다.

아직 공중 전함이나 지상의 군단들과는 멀리 떨어져 있어 마법포의 사거리에는 한참 밖이다. 그런데 비행체들은 자신들을 뱉어낸 무언가보다도 빠른 속도로 함대를 향해 날아왔다.

잠시 후, 요란한 폭발음과 함께 세상이 뒤흔들리고, 두 척의 공중 전함이 불길에 휩싸였다.

순식간에 공중 전함 두 척이 부서지며 불덩어리가 되어버리자 그 광경을 바라보던 모두는 경악을 금치 못했다.

공중 전함이 비록 여타의 배처럼 나무로 만들어지기는 했지만 기본적으로 마나 실드가 쳐져 있어 전함이 전속력으로 덮쳐오는 충각 공격이나 심지어 마법포의 공격도 몇 발 정도는 막아낼 수 있다는 사실은 상식 중에서도 기본 상식에 속했다.

그런데 저 비행체의 공격 한 방에 공중 전함이 엄청난 타격을 입었다.

설마 마법도 쓰지 못하는 이 차원에서 마법포를 능가하는 무기를 갖추었다는 말인가.

"또 온다!"

모두들 경악하는 사이 비행체가 계속해서 날아왔다. 잠깐 사이에 다섯 척의 공중 전함이 부서지거나 불길에 휩싸여 제

기능을 하지 못하게 되었다.

"바, 반격하라!"

공중 전함의 함장들이 이구동성으로 외쳤다. 하지만 이 비행체를 뱉어내며 공격하는 무언가는 마법포의 사정거리보다 훨씬 바깥에서 공격해 오고 있었다.

설사 사정거리 안으로 들어온다고 해도 이 공중 전함은 물론 드래곤보다도 훨씬 빠르게 비행하고 있는 저 무언가를 맞출 수 있을지는 의문이었다.

그러다 방금 전 비행체의 공격을 받고 부서진 공중 전함에서 마법포를 발사했다.

예상대로 마법포는 적에게 명중은커녕 닿지도 못하고 아래로 낙하해 애꿎은 길바닥에 떨어져 폭발했다.

이에 화답하듯 비행체가 마법포를 발사한 공중 전함으로 날아왔다.

이미 공격을 받은 상태에서 또 공격을 받은 공중 전함은 견디지 못하고 몇 조각의 불덩어리가 되어 아래로 자유 낙하했다.

"피해라!"

"으아악!"

방금 전까지 공중 전함이었던 불덩어리들은 지상에 주둔하고 있던 군단의 위로 떨어졌다.

충격적인 광경에도 재빨리 정신을 수습하고 몸을 피한 자들도 있지만 다리가 풀려 움직이지 못하는 자들도 있었다.

그 광경을 본 가우스는 황급히 마법을 시전했다.

초고속으로 주문을 외운 가우스가 손을 뻗자 낙하하던 불덩어리 바로 밑에 반투명한 막이 생성되어 불덩어리를 받았다.

하지만 불덩어리는 본래 전함의 일부였던 잔해가 타오르는 것. 무게가 엄청나 가우스의 마법으로는 오래 버틸 수가 없었다.

미처 움직이지 못하는 병사들이 정신을 차리기도 전에 가우스가 만든 막이 부서졌다.

"이런!"

가우스가 괴롭게 부르짖었다. 하지만 다시 낙하하던 불덩어리가 또 멈췄다.

불덩어리 아래에는 가우스가 친 것이 아닌 다른 반투명 막이 쳐져 있었다.

"정신 못 차린 녀석들을 끌어내라!"

마법을 시전한 마커스가 외쳤다. 그의 명령이 전달되기도 전에 군단 병사들이 알아서 동료들을 불덩어리 아래에서 끌어내었다.

얼마 지나지 않아 마커스가 친 반투명 막도 부서지며 불덩어리가 바닥으로 낙하했다.

다행히 가우스와 마커스 덕분에 인명 피해는 없었다. 물론 지상에 있던 자들로 한정해서 말이다.

침몰하는 불덩어리가 되어버린 공중 전함에 탑승했던 군단원들은 무사한 자가 많지 않을 것이다.

"잘했다고 포상을 해주고 싶지만 상황이 그렇게 한가하지 못하군."

마커스가 가우스에게 말했다. 그나마 침착한 마커스와는 달리 가우스는 너무 놀란 나머지 제정신이 아니었다.

"지금 대체 무슨 일이 벌어지고 있는 겁니까?"

"나도 모르겠다."

마커스도 이렇게밖에는 대답할 수 없었다. 이 와중에도 비행체들이 공중 전함을 계속해서 침몰시키고 있었다.

벌써 여덟 척의 공중 전함이 완전히 침몰하거나 큰 손상을 입었다.

"급히 하강한다! 모두들 대비하라!"

몇몇 전함이 고도를 낮추며 하강하기 시작했다. 그 광경을 본 마커스도 일리 있는 생각이라 여겼다.

확신할 수는 없지만 지금 아군 전함을 박살 내고 있는 저 비행체를 피하는 유일한 방법은 도시로 내려와 숨는 것일 듯했다.

하늘을 찌를 듯 높이 솟아 있는 건물들을 방벽으로 쓰면 저것들도 함부로 공격해오지 못할 테니까.

"모두 하강하라! 저 건물들을 방벽으로 써라!"

마커스의 명령이 떨어지자 살아남은 모든 전함이 도시로 하강했다.

개중에는 바닥에서 몇 뼘 위까지 내려와 사실상 지상에 착륙하다시피 한 전함까지 있었다.

다행히 이렇게 한 것이 옳은 선택인 듯 더 이상 비행체는 날아오지 않았다. 모두들 일단은 살았다는 안도의 한숨을 내쉬려 할 때,

우르르릉.

문득 낮은 소리가 들려오며 바닥에서 진동이 느껴졌다. 기병이 달려오는 것인가?

하지만 지금 들려오는 것은 무언가가 굴러오는 듯한 소리이지 말발굽 소리는 아니었다.

놀란 와중에도 주변을 두리번거리던 가우스는 저 멀리 무언가가 도로를 통해 이쪽으로 접근하는 것이 보였다.

그러고 보니 이 차원에는 말이 끌지 않는데도 움직이는 마차가 있었다. 그것들이 다가오는 것인가.

생각하며 이글 아이 마법을 시전한 가우스는 곧 눈이 둥그레졌다. 상상조차 해본 적 없는 괴상한 물건이 다가오고 있었

던 것이다.

전체적으로 얼룩덜룩한 녹색으로 도색되어 있고,

여러 개를 하나로 이어 붙여 굴러가는 듯한 괴상한 바퀴,

그 바퀴들을 굴리고 있는 납작하면서도 거대한 몸체,

그 몸체 위에 붙어 있는 엄청나게 거대한 빨대 같은 것이 붙어 있는 2층 몸체,

그 밖에 이곳저곳에 붙어 있는 정체 모를 부품들.

가우스로서는 이렇게 표현할 수밖에 없었다. 얼룩덜룩한 녹색으로 칠해진 괴물 마차라고.

역시나 말없이 달리는 괴물 마차는 한 대도 아니고 여러 대가 군단을 향해 다가오고 있었다.

"저, 저게 뭡니까?"

더듬거리는 가우스의 질문에 대답하는 사람은 아무도 없었다. 마커스도 말을 잃을 정도로 놀라움을 금치 못했다.

거기에다 일단의 무리가 이쪽으로 다가오는 광경이 보였다.

한쪽에서는 마치 괴물 마차처럼 얼룩덜룩한 녹색 투구에 녹색 복장을 한 자들의 무리가, 다른 쪽에서는 검정색 투구에 검정 복장을 한 무리가 다가오고 있었다.

각각 손에는 괴상한 지팡이 같은 것이 들려진 채였다.

통일된 복장과 장비를 한 모습을 보건대 저들이야말로 이

차원의 정식 군대, 혹은 그 비슷한 무리인 듯했다.

가우스는, 아니, 그들을 본 모두가 불안감에 소름이 돋기 시작했다.

모두들 조금 전 잡아온 마지막 실험체들의 운명 같은 것은 더 이상 생각하지 못했다.

*　　　　*　　　　*

"그, 그만해, 개자식들아! 으아악!"

"꺄아아아악!"

얼마나 비명을 질렀는지 유석이나 하나나 목까지 쉬어버 렸지만 고통은 끝날 줄을 몰랐다.

총소리를 들은 것 같기도 하지만 그것에 신경 쓸 여력이 없 었다.

그러다 고통이 조금 잦아들 즈음에야 두 사람은 조금씩 정 신을 차리기 시작했다.

"으으윽……."

신음을 흘리며 주변을 둘러본 유석의 눈에 시끄러운 분위 기 속에 우왕좌왕하는 놈들의 모습이 보였다.

무슨 일이 터진 것인지 놈들은 자신과 하나 쪽에는 신경을 쓰지 못하는 것 같았다.

어느 정도 정신이 돌아오자 유석이 하나에게 말을 걸었다.

"하나야, 괜찮아?"

"으… 응."

물론 정체불명의 자들에게 감금당해 이유도 모른 채 끔찍한 고통을 겪은 마당에 묻는 유석이나 대답하는 하나나 괜찮을 리가 없었다.

하지만 유석은 하나를 걱정시키지 않도록 최대한 내색하지 않으려 애썼다.

조금 전까지 당한 고통의 여파인지 몸 이곳저곳이 저릿한 유석이었지만 일부러 태연한 목소리로 말했다.

"괜찮다니 다행이야."

"대체 뭐가… 대체 뭐가 어떻게 돌아가는 거야?"

유석도 알 리 없었다. 질문에 대답하는 대신 유석은 목소리를 낮춰 다른 이야기를 꺼냈다.

"아무튼 여기서 나갈 방법을 찾아보자."

"그래야지……."

하나의 목소리에는 힘이 없었다. 하지만 연약한 여자의 몸으로 유석과 똑같은 고통을 겪었으니 힘이 없는 게 납득이 갔다.

유석은 하나를 다독여 준 뒤 주변을 살피기 시작했다.

멀리서 총소리가 들리는가 싶더니 굉음과 함께 하늘에서

전투기가 날아와 자신들을 가둔 놈들이 몰고 온 떠다니는 범선들을 격추시키는 광경을 보았다.

이어 땅이 울리는 요란한 소리가 들려왔다.

자세한 상황을 살피려면 아무래도 우리에서 나갈 필요가 있었다.

어느 정도 힘이 돌아오는 것 같아서 유석은 우리를 살폈다. 조금 전처럼 걸쇠 부분을 부숴서 빠져나갈 생각이다.

다행히 이번에는 걸쇠가 달린 부분이 바로 옆면이라 우리를 굴리는 고생을 할 필요가 없었다. 유석은 걸쇠가 있는 부분을 발로 걸어찼다.

퍽.

둔탁한 소리와 함께 한 번에 우리 문이 열렸다. 분명 조금 전에는 여러 번 걸어차야 열렸던 문인데 말이다.

"이 우리는 문이 약하게 만들어졌나."

중얼거리며 빠져나온 유석은 하나가 갇혀 있는 우리의 문도 걸어찼다.

이번에도 역시 한 번에 걸쇠가 부서지며 문이 열렸다. 우연이라고 하기에는 조금 기묘한 일이었지만 유석은 거기에 신경 쓸 겨를이 없었다.

"하나야 빨리 나와."

"으, 응."

하나를 빼낸 유석은 일단 몸을 숨기고 돌아가는 상황을 관찰했다.

자신들을 가두었던 놈들은 이리 뛰고 저리 뛰느라 정신이 없어 유석과 하나에는 신경 쓰지 못하고 있었다.

덕분에 바깥을 살필 여유를 얻게 된 유석은 조금 전 땅을 울리는 꽝음의 정체를 알게 되었다.

일단의 탱크와 군인, 경찰특공대까지 무리를 이루어 달려오는 광경이 보인 것이다.

"좋아, 저 미친놈들, 다 박살 내버려."

유석의 중얼거림에 화답하듯 군인들의 K—2와 경찰특공대의 MP5가 불을 내뿜기 시작했다.

발포와 함께 마치 허수아비처럼 쓰러지는 미친놈들의 무리도 보였다.

"그래, 그거야."

이제 되었다. 저 미친놈들이 박살 나면 자신과 하나도 구원을 받을 것이다.

그렇게 생각하던 유석은 문득 들려온 기침 소리에 하나 쪽을 돌아보았다.

"콜록콜록! 윽!"

하나는 주저앉은 채 연신 기침을 하고 있었다.

단순한 기침이나 재채기라면 크게 걱정할 일이 아닐지도

모른다.

그런데 기침을 하면서 검붉은 선혈을 토해낸다면 그것은 걱정을 안 할 수가 없는 일이다.

하나가 결핵처럼 피를 토하는 지병이 있다면 모를까, 지금까지 그런 적이 없는데 갑자기 피를 토한다면 더더욱.

"하나야, 왜 그래?"

"유, 유석아… 우욱!"

하나의 입에서 검붉은 선혈이 쏟아지기 시작했다. 경악한 유석은 소리를 지르기 시작했다.

"여기 큰일 났어요! 누가 좀 와줘요!"

아직 놈들이 주변에 수두룩한 상황에서 소리를 지른다는 것은 우리가 도망쳤다고 만천하에 알리는 일이다. 하지만 그것을 감수해야 할 만큼 하나의 상태가 좋지 않았다.

"큰일 났다니까! 사람이 피를 토하고 있다고!"

연신 소리를 질러도 주변에 진을 치고 있던 놈들은 여전히 우왕좌왕하며 돌아다닐 뿐 유석이나 하나에게는 관심도 보이지 않았다.

분노한 유석이 외쳤다.

"야, 이 새끼들아! 너희 한국말 할 줄 알잖아! 큰일 났다고! 하나가… 하나가!"

소리를 지르고 몸부림을 쳐도 누구 하나 유석이나 관심을 가져주는 놈은 없었다.

개중 한둘이 시선을 돌렸다가도 별일 아니라는 듯 이내 다른 쪽으로 시선을 돌려 버리는 것이다.

이제 하나는 앉지도 못하고 완전히 바닥에 엎어진 채 피를 토해내고 있었다.

유석의 비명이 거의 절규로 바뀌었다.

"미친 새끼들아! 119라도 부르라고! 아니면 우릴 풀어주기라도 하라는 말이야!"

"…유석아."

절규하던 유석은 문득 자신을 향한 시선을 느끼고는 하나쪽을 돌아보았다.

온몸에 피투성이가 된 채 백지장처럼 하얗게 질린 낯빛으로 자신을 바라보는 하나의 모습이 보인다.

"하나야!"

"유석아……."

유석의 이름을 부르던 하나가 문득 눈을 부릅뜨더니 다시금 피를 토해내기 시작했다.

아니, 입뿐만 아니라 이목구비의 모든 구멍에서 피가 흘러나오기 시작했다.

"나 너, 너무 아파……."

그러다 하나는 고통스런 신음과 함께 천천히 무너지기 시작했다. 말 그대로 무너지는 모래성처럼 하나의 몸이 무너져 내렸다.

얼굴이 이목구비의 형태를 알아볼 수 없을 정도로 무너지고, 마침내는 머리와 팔다리, 몸뚱이까지 형체가 무너져 가다 한 덩어리로 뭉치더니 이내 흩어졌다.

하나의 육체는 이제 뭐라 부르기도 어려운 부스러진 고깃덩이에 불과했다.

"하, 하나야⋯⋯."

그 모든 광경을 지켜본 유석은 순간 꿈을 꾸는 게 아닌가 했다. 여기 갇히기 전까지 겪은 수많은 참상이 꿈이 아니라는 것은 알고 있다.

하지만 지금 이 순간만은 꿈이었으면, 이 끔찍한 광경만은 정말 꿈이기를 바랐다.

그러나 눈을 깜빡여 봐도, 자신을 가둔 우리를 두드려 봐도 이것이 꿈이라는 징조는 나타날 줄 몰랐다. 이 역시 현실이었던 것이다.

"으⋯ 으아아아아!"

유석은 절규했다. 비명을 질러 다 쉬어버린 목으로 울부짖었다.

이 모든 것이 꿈이기를, 어머니와 아버지와 하나까지 처참하게 죽음을 당한 이 모든 것이 눈만 뜨면 사라질 꿈이기를 바랐지만 그런다고 잔혹한 현실은 달라지지 않았다.

눈에서 피눈물이 흘러내리고 피를 토하는 절규는 끝날 줄을 몰랐다.

*　　　*　　　*

블랙드래곤 군단의 상황은 갈수록 나빠지고 있었다. 이 차원의 군대로 추정되는 무리가 들고 있던 지팡이를 군단 쪽으로 겨누자 폭발음과 함께 불을 뿜기 시작했다.

동시에 선두에 있던 군단 병사 여럿이 피를 쏟으며 쓰러졌다.

"저놈들이! 쏴라!"

블랙드래곤 군단에서도 반격을 시작했다. 하지만 미처 적을 향해 조준하고 활을 쏘기도 전에 태반의 병사들이 눈에 보이지 않는 무언가를 맞고 쓰러졌다.

몸 이곳저곳에서 피를 쏟아내는 것은 예사였고 심지어 신체 일부가 날아간 자들까지 있었다.

얼마 지나지 않아 군단 병사들은 활을 쏠 생각도 하지 못한 채 제각각 흩어져 몸을 숨기기에 바빴다.

도저히 믿을 수 없는 일이었다.

마법으로 제련된 군단의 활은 장난감처럼 다루기 쉬우면

서도 거대한 대궁만큼의 위력이 나오거나 일반적인 석궁의 몇 배에 달하는 연사 속도를 자랑하는 등 보통의 활과는 타의 추종을 불허하는 성능을 가지고 있다.

그럼에도 불구하고 이 차원의 군인들이 들고 있는 괴상한 지팡이 앞에서는 아무런 소용도 없었다.

몸을 내밀고 활이든 석궁이든 조준해 쏘려는 순간 지팡이에서 불꽃이 튀면서 날아오는 보이지 않는 괴물의 먹잇감으로 전락해 버렸다.

병사들이 입고 있는 갑옷도 저 보이지 않는 괴물에게는 그저 종잇장에 불과했다.

"마법기사부대, 가라!"

결국 특단의 대책으로 블랙드래곤 군단에서도 최정예 부대라 할 수 있는 마법기사부대를 내보냈다.

마법은 물론 마나를 이용한 검술과 체술까지 전문적으로 단련한 기사들로 이루어진 부대로서 날아오는 화살을 눈으로 보고 피하거나 심지어 손으로 잡을 수도 있는 자들이다.

하지만 그들 역시 눈 깜짝할 사이 무수히 날아오는 보이지 않는 괴물을 피하거나 잡을 수는 없었다. 몇 걸음 떼기도 전에 하나둘 쓰러지기 시작했다.

그래도 마법기사들은 도망치거나 숨느라 진형을 흐트러뜨리는 대신 모두들 손을 뻗었다. 그러자 마법기사들의 전방에 반투명한 막이 생겨났다.

마법으로 된 방패, 마나 실드였다. 마법기사들이 각각 전방에 친 마나 실드는 숙련된 장정이 양손으로 전력을 다해 휘두르는 도끼도 막아내는 방어력을 자랑했다.

그러나 지금 날아오는 보이지 않는 괴물들의 세례에는 마나 실드마저 별다른 효력이 없었다.

잠깐 사이에 마나 실드가 깨져 나가고 마법기사들의 시체도 하나둘 늘어갔다.

"으아악!"

"살려줘!"

정예 중의 정예인 마법기사들이 죽어가면서 내지르는 단말마와 어딘가 큰 부상을 입고 쓰러져 내지르는 고통의 비명이 울려 퍼졌다.

적들에게 미처 접근하기도 전에 절반 이상이 쓰러지자 남은 마법기사들은 제각각 흩어져 몸을 숨기는 신세가 되어버렸다.

"하, 함대! 저놈들을 공격하라!"

이젠 명령을 내리는 마커스도 더듬거리기 시작했다.

아무튼 명령을 받은 공중 전함은 하늘을 경계하는 대신 땅의 군대를 노리기 시작했다. 전함의 측면에 장착된 마법포가 지팡이를 든 적을 조준했다.

바로 그때였다.

얼룩덜룩한 녹색으로 칠해진 괴물 마차에 달려 있는 거대한 대롱이 불을 뿜은 것은.

그 직후 선두에서 적을 조준하던 공중 전함이 폭발하며 엄청난 피해를 입었다. 이어 다른 괴물 마차의 대롱도 불을 뿜기 시작했다.

"저 괴물을 먼저 공격하라!"

군단장의 명령을 기다릴 것도 없이 공중 전함들은 목표를 괴물 마차들로 바꾸었다.

전함의 마법포에서 발사된 거대한 불덩어리들이 괴물 마차들에게 내리꽂히며 폭발과 함께 주변이 흙먼지로 뿌옇게 물들었다.

그 광경을 본 모든 군단병은 마침내 한줄기 희망을 느꼈다.

먼저 공중 전함들로 괴물 마차들을 쓸어버린 뒤 지팡이를 든 적까지 쓸어버리리라.

그러나 군단병들의 희망은 폭발의 여파로 일어난 흙먼지가 가라앉으면서 절망으로 바뀌었다.

분명 마법포의 불덩어리가 일으킨 폭발에 휩쓸리거나 직격을 당했을 것인데도 불구하고 괴물 마차들은 아무렇지도 않았다.

괴물 마차의 대롱이 다시 불을 뿜기 시작했다. 공중 전함들은 하나하나 박살 나기 시작했다.

이제 모든 군단원의 마음속에 한 가지 감정이 자리 잡기 시작했다.

절망.

그것은 군단 보좌 가우스나 군단장 마커스라 해도 다를 바 없었다.

물론 지난 차원정복전쟁을 돌이켜 보면 어려운 전투도 있었고 패배한 전투도 있다.

하지만 이렇게 적 군대와의 첫 대면에서 이렇게까지 압도적으로 밀리는 사례는 없었다.

"군단장님, 어떻게 해야 합니까?"

"……."

가우스의 질문에 마커스는 대답이 없었다. 그 와중에도 적들은 더더욱 기세를 올려 전면적인 공세를 퍼부으며 천천히 진군해 오고 있었다.

이대로는 방법이 없다고 여긴 가우스는 의견을 냈다.

"군단장님, 후퇴해야 하지 않겠습니까?"

"…후퇴라고?"

"네. 아군 전력으로는 도저히 저들을 당해낼 수 없습니다!"

"우리는 제국군이며 블랙드래곤 군단이다! 적들의 기세가 강하다고 꼬리를 말고 도망칠 수는……."

콰앙!

마커스의 말을 자르듯 괴물 마차가 불을 뿜으며 마커스의 바로 근처에서 폭발을 일으켰다.

운 좋게도 마커스나 가우스는 무사했지만 폭발 지점에 주둔하고 있던 병사들은 말 그대로 형체조차 남지 않았다.

괴물 마차는 계속해서 불을 뿜었고, 적군의 지팡이도 연신 불을 뿜으며 천천히 다가왔다.

하늘에는 여전히 하늘을 날며 무시무시한 비행체를 뱉어 내는 무언가가 주위를 맴돌며 먹이를 노리는 매처럼 군단을 노렸다.

군단은 죽은 자의 숫자는 늘어가고 살아남은 자들도 갈팡질팡 혼란에 빠져 아수라장이었다. 마침내 가우스가 큰 소리로 외쳤다.

"이 지옥 같은 차원에서 벗어나야 합니다!"

결국 도망쳐야 한다는 말이다. 자랑스러운 블랙드래곤 군단의, 그것도 군단장 보좌의 입에서 나온 말이라고는 믿을 수 없을 만큼 참담한 현실이다.

하지만 이런 가우스의 말을 나무라는 자는 아무도 없었다. 마커스는 결국 괴롭게 고개를 끄덕였다.

"…그러는 수밖에 없겠군."

곧 마커스가 명령을 내렸다.

"모두들 후퇴하라! 제국으로 복귀한다!"

곧 마커스와 가우스의 몸이 허공으로 떠올랐다. 곧 두 사람은 용케도 아직 무사한 심판호로 향했다.

비행 마법을 쓸 줄 아는 자들은 모두 두 사람을 따라 했다. 그렇게 한 무리의 군단 병사가 공중에 떠 전함 안으로 들어가려 했다.

후퇴 명령이 떨어졌다는 것을 적들도 깨달은 듯 공세가 더욱 거세졌다.

살아남은 공중 전함들도 가만히 있다가는 모조리 괴물 마차의 공격에 박살 날 기세였기에 제각각 건물 뒤로 몸을 숨기며 살길을 찾기 시작했다.

적들은 공격해 오고 목적지인 공중 전함은 이리저리 도망치는 아수라장 속에서 마커스와 가우스는 간신히 심판호에 도달할 수 있었다. 막 두 사람이 전함 안으로 들어가려 할 때,

탕!

"윽!"

폭발음과 함께 가우스의 왼쪽 팔이 피로 물들었다. 뜨겁게 달군 송곳이 팔을 깊숙이 찌르는 듯한 고통에 가우스는 눈앞이 아찔했지만 정신이 흐트러지면 마법도 흐트러질 수 있었다.

공중에서 마법이 흐트러지면 한마디로 떨어져 죽는다. 가

우스는 힘겹게 정신을 수습하며 간신히 심판호 안으로 들어갔다.

마커스도 그런 가우스의 모습을 보았지만 지금은 부하의 안부를 물을 겨를이 없었다.

두 사람은 함장실로 이동하기 시작했다. 이동하면서도 마커스는 명령을 내렸다.

"차원의 문을 열 채비를 하라! 지금 당장!"

"네? 하지만 지금은 준비가 전혀 되어 있지 않습니다만."

"준비하다가 몰살당하고 싶나! 서둘러라! 당장!"

무리한 명령이라는 것을 마커스도 잘 알고 있었다. 조금 전 이 차원에 오기 위해 차원의 문을 열 때도 스무 척의 전함이 힘을 합쳐 오랜 준비 끝에야 제대로 차원의 문을 열 수 있었다.

지금은 멀쩡한 전함은 그 절반도 남지 않았고 준비도 제대로 되어 있지 않다.

하지만 다른 방법이 없었다. 무리하게라도 차원의 문을 열거나 또 다른 방법을 쓰지 않는 한 머잖아 전멸당할 것이다.

"차원의 문을 열 수만 있다면 이 심판호를 침몰시킬 수도 있다. 서둘러라!"

명령을 내리며 가우스와 함께 함장실에 들어선 마커스는 조금 전 자신이 내린 명령의 답신을 받았다.

"안 되겠습니다! 아무래도 지금으로써는 차원의 문을 열기 어렵습니다!"

"빌어먹을!"

마커스가 죄 없는 의자를 내려쳤다.

분명히 차원의 문을 열 수만 있다면 함대의 기함인 심판호를 침몰시킬 수도 있다고 했다.

그런데도 차원의 문을 열 수 없다는 것은 지금이 바로 최악 직전의 상황이라는 것을 뜻했다.

다른 차원으로 가는 방법은 두 가지가 있다. 차원의 문을 열어 그 문을 통과하는 것과 사람, 혹은 전함 자체가 다른 차원으로 뛰어넘어 가는 것.

전자는 많은 수고와 마나가 필요하지만 안전하게 많은 수가 이동할 수 있다는 장점이 있었고, 후자는 위험하지만 비교적 적은 수고와 마나만으로도 가능하다는 장점이 있었다.

두 가지 방법 중 가능하다면 차원의 문을 여는 것이 낫다. 최대한 많은 수의 병력을 최대한 안전하게 이동시킬 수 있기 때문이다. 그 사실을 잘 알고 있는 마커스는 다시 한 번 말했다.

"어떻게 강제로라도 차원의 문을 열 수 없겠나?"

"제대로 움직이는 공중 전함이 삼분의 일도 남지 않았습니다. 이 정도로는 빠른 시간 내에 차원의 문을 여는 것은 불가능합니다."

차원의 문을 여는 방법은 여러 가지가 있다. 그중 블랙드래곤 군단에서는 각각의 전함에 차원 이동 장치를 달아놓은 뒤 그 장치를 한꺼번에 작동시켜 힘을 모아 차원의 문을 여는 방법을 사용했다.

즉, 지금처럼 적들의 공격에 순식간에 함대의 절반 이상이 박살 난 상황에서는 차원의 문을 열기 힘든 것이다. 오랜 시간을 들이면 가능할지도 모르겠지만 저 악마 같은 적들이 기다려 주겠는가.

그렇다면 최후의 방법을 쓰는 수밖에 없었다.

"하는 수 없다. 차원 이동 준비! 가능한 전함만이라도 서둘러 이동하라!"

마커스의 명령이 떨어지자 곧 전함이 크게 흔들리기 시작했다.

전함째 차원의 벽을 넘을 준비에 들어간 것이다. 마커스도 가우스도 최악의 상황을 각오했다.

지금같이 급박한 상황에서 전함째 차원의 벽을 넘는 것은 그야말로 함선의 한계를 넘는 행위.

자칫하면 차원의 벽을 넘기도 전에 그 준비 과정을 견디지 못하고 함선이 박살 날 수도 있다.

누구보다 그 사실을 잘 알고 있는 마커스였지만 이대로 전

함대가 전멸당하거나 나포당하는 것보다는 위험을 감수하는 게 낫다는 생각에 명령을 내렸다.

최악의 경우에는 심판호를 비롯한 전 함대가 스스로 침몰할 가능성까지 감수하고 말이다.

"군단장님 명령이다! 차원 이동 준비!"

"차원의 문을 여는 게 아니라 함선이 직접 차원의 벽을 넘는 것이다! 모두들 서둘러!"

상황이 너무나도 급박했기에 가우스도 마커스 곁에서 가만히 시립하고 있을 수가 없었다.

군단장 보좌라는 직위는 잠시 내려놓고 직접 함선 안을 뛰어다니며 차원의 벽을 뛰어넘을 준비를 도왔다.

"내가 뭐 도울 일 없나?"

"보좌님, 함선의 동력이 지나치게 폭주하지 않도록 제어해 주십시오!"

"알겠다!"

심판호의 동력부로 향한 가우스는 거대한 마나의 폭풍에 정신이 아찔해지는 것을 느꼈다.

함선 자체의 힘으로 차원의 벽을 넘으려면 함선의 동력원인 마법 금속을 한꺼번에 쏟아 부어 함선 자체를 폭주시켜야만 가능하다.

만일 이 폭주를 제어하지 못하고 지나친 폭주로 치달으면 그대로 함선이 박살 난다.

가우스는 양팔을 뻗어 마법을 시전하며 함선의 마나가 지나치게 폭주하지 않게 조정을 시도했다.

"크으윽……."

조금 전 부상을 입은 가우스의 왼팔에서 피가 흘러내렸다. 양팔을 이용해 마법을 쓴 탓에 무리가 가 상처가 벌어진 모양이다.

고통도 상당했지만 그렇다고 마법을 멈출 수는 없었다. 여기서 멈추면 함선 자체가 박살 날 수 있다.

"으아앗!"

한소리 외침과 함께 가우스의 양손이 빛났다. 미친 듯 휘몰아치던 마나의 폭풍이 조금 가라앉으며 어느 정도 제어할 수 있는 폭풍으로 변했다.

동시에 가우스의 부상을 입은 왼팔에서 피가 쏟아지며 감각이 사라졌다.

하지만 가우스는 거기에 신경 쓸 새도 없이 뒤늦게 달려온 마법사 몇 명에게 현장을 넘겨주며 말했다.

"어느 정도 제어를 해놓았으니 저것을 유지하도록."

"알겠습니다, 보좌."

명령을 내린 가우스는 마커스가 있을 함장실로 돌아갔다. 마커스 역시 군단장이자 함장의 몸으로 직접 궂은일 하나를 처리하고 오는 길이었다.

가우스를 본 마커스가 물었다.

"어디 갔다 오는가?"

"동력부의 폭주를 제어 가능하게 만들어놓고 오는 길입니다."

"수고했다."

바로 그때 요란한 소리와 함께 함선이 크게 흔들렸다. 부상을 입은 가우스는 하마터면 넘어질 뻔했지만 간신히 균형을 유지하고 앉았다.

"무슨 일인가?!"

"바로 근처의 함선이 폭발했습니다!"

"빌어먹을! 또?"

마커스는 함장실의 수정 구슬을 조종해 바깥 상황을 살폈다.

정말 심판호 바로 옆에서 날고 있던 전함 한 척이 불길에 휩싸여 공중에서 침몰하고 있었다.

아마도 어쩌다 보니 저 전함이 심판호의 방패 역할을 한 모양이다.

저 전함이 아니었다면 어떤 형태이든 공격을 받아 지금쯤이 심판호가 침몰하고 있을지도 모른다고 생각하니 가우스는 등골이 서늘해졌다.

수정 구슬은 계속해서 바깥 상황을 보여 주었다. 이제 멀쩡한, 아니, 그럭저럭 기능을 유지한 채 항해하고 있는 공중 전함은 몇 척 남지 않았다.

상황이 이렇게 돌아가자 가우스는 문득 한 가지 사실을 깨달았다.

이 지옥 같은 차원의 저 저주받은 놈들의 저 무력은 그야말로 악마라고 표현해도 지나치지 않다. 만일 저들이…….

"군단장님."

"무슨 일인가?"

"침몰한 함선들에 차원 이동 장치가 남아 있지 않습니까?"

마커스는 가우스의 말뜻을 바로 알아들었다.

"그렇군. 잊을 뻔했다."

곧 마커스는 바깥을 살피며 함대 상황을 점검한 뒤 주문을 외우며 손을 움직이기 시작했다. 무언가 상당히 큰 마법을 준비하는 것이다.

잠시 후, 주문을 마친 마커스가 양손을 펼치자 지상 이곳저곳에서 폭발음이 울려 퍼지기 시작했다.

"이게 무슨 소리입니까?"

"차원 이동 장치를 소거하는 소리다."

"소거? 설마……."

"그래. 저 저주받을 놈들에게 빼앗길 수는 없으니까."

차원 이동 장치는 제국 마법 기술의 정수와도 같은 물건이다.

때문에 차원 이동 장치가 반역자들이나 다른 차원의 적에게 넘어가는 최악의 상황을 대비하여 소거될 수 있도록 조치가 되어 있었다.

이런 사실을 아는 것은 군단장을 비롯해 군단의 최고급 간부 몇 명뿐이었고, 그나마 실제로 소거된 사례는 이번이 처음이다.

따라서 가우스도 일이 이렇게 되리라고는 예상치 못했다.

"차원 이동 장치가 소거되었다면… 지금 함선에 타지 못한 아군들은 어떡합니까?"

"포기해야지."

"그런……."

"그럼 자네는 아군이 전멸하는 것으로도 모자라 이 지옥 같은 차원의 놈들에게 차원 이동 장치까지 넘겨주는 것을 원하나?"

"……."

차마 가우스는 대답할 수 없었다. 차원 이동 장치가 적들에게 넘어가고 그 사용법까지 알려진다면 그다음은 상상도 하기 싫은 일들이 벌어질 것이다. 분명 다른 방법은 없었다.

가우스가 조용해지자 마커스는 계속 명령을 내리며 함대

가 돌아가는 상황을 파악했다. 가우스는 어두운 표정으로 바깥을 살폈다.

적들의 공격은 계속되고 있었다. 전함으로 올라오지 못한 자들은 모두들 처참하게 살해당하거나 크고 작은 부상을 입은 채로 끌려가고 있었다.

죽은 자들도 죽은 자들이지만 산 채로 끌려가는 자들의 운명이 더 걱정되었다.

아마 저들을 구할 수는 없을 것이다. 부상을 입은 채 적에게 끌려간 자들의 운명은 어떻게 될까.

고문 끝에 처형.

죽을 때까지 노예로서 죽는 것보다 못한 삶을 사는 것.

이 두 가지밖에는 떠오르지 않았다. 하지만 가우스가 할 수 있는 것은 마법의 신 크로닉께 기도드리는 것밖에 없었다.

남겨진 자들이 부디 고통을 덜 받게 되기를.

"새로운 놈이 나타났습니다!"

갑판에서 누군가가 알려왔다. 바깥을 살핀 마커스와 가우스의 눈에 무언가가 도로를 통해 굴러오는 광경이 보였다. 이번 것은 마치 마차 위에 거대한 대롱 네 개를 붙여놓은 모습이랄까.

거대한 대롱이 뱉어내는 것의 위력을 질리도록 맛본 터라 이번에도 불길한 예감이 들었다. 그리고 예감은 적중했다.

타타타타 하는 소리와 함께 날아온 보이지 않는 괴물세례에 전함들이 말 그대로 찢겨 나가기 시작했다.

오래잖아 마나 동력계에 문제가 생긴 것으로 보이는 전함 한 척이 바닥으로 곤두박질 쳤다.

마커스는 부득이하게 떨어진 전함의 차원 이동 장치를 소거시켜야만 했다.

지금까지의 공격이 그러했듯 이번 공격도 위협적이기 짝이 없었다.

심지어 기함인 심판호도 공격을 받기 시작했다. 폭발과 함께 배 일부가 박살 나며 하필 그 위치에 있던 병사 몇 명이 그대로 지상으로 낙하해 버렸다.

"서둘러라!"

차원의 벽을 넘으려면 아직 시간이 더 필요하다. 살아남은 전함들은 하늘 높이 날아서 피하는 것은 엄두도 내지 못한 채 도시 안에서 이동하며 어떻게든 버티려 노력했다.

적들이 계속 무자비한 공격을 퍼부어대는 통에 침몰당하는 전함의 숫자는 늘어만 갔다.

"준비 완료되었습니다!"

마침내 차원의 벽을 넘을 준비가 끝났다. 하지만 결과는 실로 처참했다. 스무 척의 전함 중 무사한, 아니, 그나마 살아남은 것은 겨우 세 척이었다.

그 살아남은 전함들도 모두들 반파되어 겨우 움직이는 정도였다. 물론 나머지 열일곱 척은 완전히 침몰한데다가 차원 이동 장치까지 소거되어 그야말로 어떤 희망도 없다.

"이동한다!"

마커스의 명령이 떨어지자 세 척의 전함이 크게 요동치더니 점점 투명해지기 시작했다.

차원의 문을 여는 것이 아닌, 전함 자체가 차원의 문을 넘기 시작한 것이다.

그럭저럭 지금 전함에 탄 자들은 목숨만은 건지게 된 것이다.

하지만 결과는 너무나도 처참했다. 스무 척의 전함으로 이루어졌던 함대에서 열일곱 척의 전함이 침몰했다.

사망하거나 산 채로 남겨져 다시는 보지 못하게 된 병력이 아마 9할은 될 것이다.

적 군대와 조우한 지 한 시간도 되지 않아 이런 처참한 결과를 낳은 것이다.

간신히 숨을 돌린 마커스가 한탄했다.

"아직도 믿을 수가 없군. 도대체 어떻게 이런 일이……."

"군단장님……."

가우스도 믿을 수 없기는 마찬가지였다. 지금으로써는 그저 무사히 차원 이동이 되어 제국으로 돌아갈 수 있기만을 바랄 뿐이었다.

다행히 투명해지기 시작한 전함들은 더 이상 공격을 받지 않았다.

정확히 말하자면 공격을 받기는 했지만 적중되지 않았다. 이미 이 차원이 아닌 다른 차원에 접어들기 시작했기 때문이다.

하지만 공격을 받지 않는다고 반드시 무사한 것은 아니었다.

세 척의 전함 중 가장 상태가 좋지 않던 전함이 갑자기 중심을 잃고 이리저리 흔들리기 시작했다.

그러다 마침내 투명해지는 것도 멈추고 본래의 뚜렷한 형상 그대로 드러났다. 차원의 벽을 넘는 데 실패한 것이다.

"저런……."

흐릿한 수정 구슬 영상으로 그 광경을 지켜본 가우스가 안타깝게 중얼거렸다.

엎친 데 덮친 격으로 차원의 벽을 넘는 데 실패한 전함은 그저 그것만으로 끝나지 않았다.

미친 듯 흔들리다 마침내 공중제비를 돌 듯 춤을 추기 시작했고, 끝내 견디지 못하고 곳곳이 깨지고 부서지더니 마침내 여러 조각이 난 채 지상으로 낙하했다.

배에서 떨어진 군단 병사들이 마법도 쓰지 못한 채 그대로 지상으로 낙하하는 광경이 고스란히 비쳤다.

"이건 악몽이야. 어떻게 이럴 수가······."

가우스가 중얼거렸다. 마커스도 동의하는지 아무 말이 없었다.

이제 남은 전함은 단 두 척. 그나마 다행이라 해야 할지 심판호와 다른 한 척의 전함은 점점 투명해지면서, 즉 차원의 벽을 넘으면서 미친 듯 요동치거나 부서지는 일은 벌어지지 않았다.

마침내 두 척의 전함은 바깥 경치가 똑똑히 비쳐 보일 만큼 반투명해졌다. 그러다 어느 순간 두 척 모두 완전히 사라졌다.

이 지옥 같은 차원에서.

6장
살아남은 자

갑자기 서울 하늘에서 불벼락이 떨어지고 정체불명의 무리가 하늘을 나는 범선 무리를 타고 시민들을 공격하다 출동한 국군과 경찰특공대의 반격에 박살 나고 소수만이 목숨을 건져 도주했다.

가히 인류 역사상 가장 황당무계한 침공전이 아닐 수 없었다.

너무나도 허무맹랑한 스토리라 명백한 증거가 없다면 누구도 쉽사리 믿지 못했을 것이다.

하지만 불벼락과 정체불명의 무리의 침공 현장 모두가 목격자, 사진, 동영상, 심지어 생중계의 형태로 전 세계에 퍼져 나갔다.

전 세계가 대한민국에서 벌어진 이 황당무계한 사건을 알게 되었다.

[정체불명의 테러리스트 집단의 서울 공격. 수천 명의 사상자와 수 조 원대의 피해액이 발생한 이 참사가 벌어진 지 이틀이 지났지만 아직 이 테러리스트 집단에 대한 정보는 제대로 알려지지 않고 있습니다. 도대체 어디서 온 자들인지, 목적이 무엇인지…….]

언론에서는 며칠째 대부분의 정규 방송이 중단된 채 이번 사건에 대한 뉴스로 도배되다시피 했다.

다만 정작 누가 어떻게 했다는 확실한 알맹이는 없이 두루 뭉술한 이야기만 늘어놓는 뉴스였다.

아직 국가에서 제대로 상황 파악이 안 된 상태라 언론 등에는 정보 통제를 하고 있기 때문이었다.

"정말 세상에 이게 웬 난리야."

국정원 사무실에서 뉴스를 들으며 관련 정보를 정리하던 여인이 푸념했다.

치마 정장 차림에 샤프한 이미지의 아름다운 얼굴. 슬림한 몸매가 돋보이는 여인의 이름은 최은아.

연예인 부럽지 않은 외모를 하고 있지만 어엿한 대한민국 국가정보원의 요원이었다.

"남북통일도 되었으니 이제 전쟁이 일어난다면 중국이나 러시아와 국지전, 아니면 옛 북한에서 군벌 같은 게 일어나 내전 정도나 일어날 거라고 생각했는데."

이런 푸념을 하는 게 은아 한 사람뿐일 것 같지는 않았다. 말 그대로 상상조차 해본 적 없는 상대와 전쟁을 벌인 것이다. 그리고 그 결과는 너무나도 싱겁게 대한민국의 승리.

하지만 승리를 했다고 기뻐할 일은 아니었다. 서울 하늘의 불벼락과 이어진 공격으로 민간인 사망자만 만 명이 넘었고 경제적인 피해는 천문학적인 액수였다.

상대가 지구 어딘가에 존재하는 국가라면 군대로 보복하든 UN을 통해 책임을 묻든 하겠지만 이건 올 때처럼 갑자기 사라져 버렸다.

현장에 출동했던 군경에서 추격을 시도했지만 놈들은 정말 마법처럼 흔적도 없이 사라져 버린 터라 추격은 불가능했다.

이래 가지고서야 어떻게 책임을 묻는가 하는 것보다는 누구에게 책임을 물어야 하는 것인지가 문제였다.

확실한 것은 상대가 지금껏 알려진 국가나 조직은 아니라는 것이다.

전 세계의 어느 국가나 조직에서도 하늘을 나는 범선을 끌고 다니며 활을 쏴대는 무리를 운용한다는 이야기는 나온 적이 없다.

언론 등에는 아직까지 그저 정체불명의 테러리스트 집단이라는 식으로 공표했지만 실제 이들의 정체는 그 이상일 가능성이 높았다.

최소한 우리가 아는 세계의 인간들은 아닌 게 확실했다. 목적도 단순 테러 행위가 아닌 그 이상의 무언가가 있을 가능성이 높았다.

"그래, 포로로 잡은 녀석들은 어떻게 했다고요?"

은아의 질문을 받은 요원이 대답했다.

"일단 가둬놨다고 들었어요. 아무래도 쓸 일이 있을 것 같아 국가안전보위부 출신 녀석들도 불렀다던가."

"국가안전보위부……."

국가안전보위부라면 옛 북한의 비밀경찰 기관으로서 북한이 남한에 흡수된 이후 해체된 조직이다.

그들의 능력 중 지금 상황에서 쓸 만한 것이 있다면 바로 심문 기술이다.

필요하다면 기꺼이 고문이 동원되는 등 인권 따위는 갖다 버린 심문의 기술 말이다.

"옛 보위부 출신까지 불렀다면 그 포로들을 곱게 취급할 생각은 없는 거네요."

"당연하지요. 그놈들 때문에 죽은 우리 국민이 얼마나 되는데. 그놈들이 외계인인지 뭔지는 몰라도 아무튼 지구인이 아니라면 인권 협약이고 제네바 조약이고 다 필요 없지."

"외계인이라……. 참, 여기가 CIA도 아니고 외계인을 상대하고 있다니 아직도 믿기지가 않아요."

"아무튼 지구인이 아닌 건 거의 확실하니까요. 인권? 그런 건 어디까지나 지구인이나 지구에서 얌전히 구는 놈들에게나 통하는 거니까."

아무래도 이번 전쟁에서 생포된 포로들은 꽤나 험한 꼴을 당하게 될 모양이다.

대충 궁금한 것을 알아본 은아는 자리에서 일어났다. 그러자 동료 한 명이 말을 걸어왔다.

"외근 가나?"

"아, 네, 선배님. 그 있잖아요. 그 외계인인지 뭔지 아무튼 그놈들에게 붙잡혀서 갇혀 있다가 살아남았다는 생존자요. 위에서 그 사람 만나보고 오라고 해서요."

"아, 그래. 그럼 다녀와."

"네, 다녀오겠습니다."

사무실을 나선 은아는 복도에 걸린 TV 앞에서 잠시 멈춰

섰다.

신문, 인터넷 등 대한민국의 모든 매체가 그렇듯 TV에서도 며칠째 서울 하늘의 불벼락과 이후 하늘을 나는 범선을 타고 온 침략자 이야기만 하고 있었다.

지금 TV에 나오는 장면도 하늘을 나는 범선에서 한 무리가 천천히 내려오는 광경을 방송 카메라가 포착한 것이었다.

TV를 바라보던 은아는 고개를 절레절레 내저었다.

"대체 세상이 어찌 돌아가는 건지……."

＊　　＊　　＊

생존자가 입원하고 있는 병원에 도착한 은아는 곧장 그 생존자를 맡고 있는 의사와 면담을 요청했다.

잠시 기다리라는 답변을 받고 휴게실에서 기다리던 은아는 수많은 부상자가 병원 안을 가득 메운 광경을 보았다.

이 병원은 이번 서울 테러로 발생한 환자들을 수용하는 곳 중 하나다.

부상자가 병원 안을 가득 메울 만큼 이번 사건이 심각했다는 뜻이다.

거기에다 듣기에 다른 병원들도 사정은 마찬가지라고 했다.

부상자뿐만 아니라 사망자도 엄청났다는 것을 생각하면 그야말로 끔찍한 참상이었다.

부상자들을 바라보며 편치 않은 마음으로 휴게실에 앉아 있던 은아는 얼마 후 면회를 요청한 의사에게 안내되었다.

의사를 만난 은아는 기본적인 것부터 묻기 시작했다.

"그래, 그 사람 이름이 뭐죠?"

"이유석입니다."

"부상을 입었다고 들었는데 생명에는 지장은 없나요?"

"팔에 화살을 맞았고 여기저기 타박상에 화상을 좀 입기는 했지만 생명에는 지장이 없습니다."

"다행이네요. 그 유석이라는 사람과 이야기를 좀 하고 싶은데 가능할까요? 지금 바로요."

의사가 어깨를 으쓱거렸다.

"잘 모르겠습니다. 말씀드렸듯 몸의 상처는 그렇게 크지 않은데 정신적 충격이 큰 것 같아서요."

"정신적인 충격이라고요?"

"가족이 부모님밖에 없는데 이번 사건에 휘말려 모두 목숨을 잃었다더군요. 거기에다 사건이 일어날 때 여자 친구와 같이 있었는데 그 여자 친구도 목숨을 잃었고요. 때문에 저희도 제대로 대화를 하지 못하고 있습니다."

"저런."

"뭐, 여기까지 오셨으니 만나게는 해드리겠습니다. 하지만 상태가 상태이니만큼 너무 무리하지는 마세요."

"명심하도록 하죠."

의사와 함께 병실에 들어서자 이유석이라는 이름의 환자가 홀로 누워 있다.

손과 팔, 얼굴에 붕대를 감고 있는데다 링거까지 꽂고 있는 광경이 처량하다.

하지만 이번 사태로 인해 어느 병원이나 환자가 넘쳐나는 상황에서 이렇게 1인실을 쓰고 있는 것은 나름대로 특별대우라 할 수 있었다.

아마 적에게 포로 비슷하게 붙잡혔다가 살아남은 유일한 사람이라는 것 때문일 것이다.

은아는 짐짓 헛기침을 해 환자의 시선을 자신 쪽으로 돌리려 했다.

하지만 환자 유석은 잠든 것이 아닌 것 같은데도 불구하고 은아나 의사에게도 별 관심을 보이지 않았다.

은아는 가만히 의사에게 눈빛을 보냈다. 말을 걸어도 좋으냐고 허락을 구하는 것이다. 의사가 고개를 끄덕이자 은아는 말을 걸었다.

"저기, 안녕하세요?"

마침내 유석도 은아 쪽으로 천천히 고개를 돌렸다. 비록 대답은 돌아오지 않았지만 가만히 자신을 바라보는 유석의 눈길을 계속 말해보라는 뜻으로 받아들인 은아는 받아들인 대로 행동했다.

"국정원에서 나온 최은아라고 합니다. 당신이 그… 아무튼 이름 모를 침략군에게 잡혔다가 풀려났다고 들었거든요. 그때 이야기를 좀 들려주실 수 있을까요?"

대답은 돌아오지 않았다. 뿐만 아니라 이야기하는 은아를 바라보는 유석의 두 눈동자는 공허하기 그지없었다.

은아의 입장에서는 차라리 상대가 노려보기라도 하면 왜 그러냐고 맞받아칠 수라도 있지, 저렇게 공허한 눈으로 자신을 바라보는 것은 정말이지 견디기가 힘들었다.

"아, 저기… 그게… 그러니까……."

"……."

'이건 국정원 요원이 아니라 정신과 의사나 심리학자를 불러야 되는 것 아냐?'

속으로 푸념하면서도 은아는 다시 질문했다.

"아시겠지만 이번 사건은 정말 역사상 전대미문의 일이에요. 자세한 상황은 저희도 파악 중이라 뭐라 말할 수는 없지만 아무튼 서울 한복판에 웬 미친놈들이 나는 범선을 타고 와서 그 난리를 부리다 박살 나고 사라졌다, 이런 사건이잖아요. 이건 서울시나 대한민국만의 문제가 아니라 세계적으로 중대한 사태예요. 힘드신 것은 잘 알지만 지금 사건의 중요성을 생각해서라도 그들에 대해 아는 것이 하나라도 있다면 말씀을 좀 해주셨으면 해요."

말 많은 것은 싫다. 말보다는 행동이 좋다는 신념을 가진 은아였지만 때로는 이렇게 장황설을 늘어놓을 때도 있었다.

이런 은아의 장황설을 듣고도 유석의 눈빛은 조금도 달라지지 않고 여전히 공허하기만 했다.

차마 화를 낼 수도, 그냥 돌아갈 수도 없게 된 은아가 이제부터 어떻게 해야 할지 고민에 빠져들 때,

"이야기요?"

마침내 유석의 입이 열렸다. 은아는 행여나 유석이 다시 입을 다물까 재빨리 말했다.

"네, 어떤 이야기라도 좋아요. 그들이 무언가 특이한 행동을 했다거나, 그들이 어디서 온 자들인지 알 만한 언행을 했다거나… 생각나는 것은 뭐든지 말해주세요. 힘드시겠지만 이미 말씀드렸듯 워낙 중대한 사건이니 적극적으로 협조해주셨으면 해요."

특이한 행동. 차라리 그놈들이 벌인 특이한 행동들을 다 잊어버렸거나 했다면 이렇게 고통스럽지 않겠지만 유석은 모두 기억하고 있었다.

부모님이 살해된 일,

자신과 하나, 그리고 다른 사람들을 어디론가 끌고 간 일, 이어진 끔찍한 실험, 그리고 하나의 죽음.

모두 떠올리는 것만으로도 끔찍한 일뿐이다. 떠올리는 것만으로도 몸서리가 쳐지는데 그것들을 자신의 입으로 읊어야 하다니.

지금은 그러고 싶지가 않았다. 하지만 눈앞에서 장황설을 늘어놓은 여자의 성의를 생각해서 짧게나마 이야기를 해주었다.

"그놈들이 갑자기 쳐들어와서 내 가족들과 여자 친구까지 죽이고 저희끼리 떠들다가 사라져 버렸지요. 됐나요?"

말투를 보나 가시 돋친 목소리를 보나 유석은 지금 대화 자체를 달가워하고 있지 않은 게 분명했다.

말 그대로 가족들과 여자 친구까지 모두 잃어버렸다는 입장을 생각하면 저렇게 날카롭게 행동하는 게 이해할 만한 일이기도 했다.

은아는 최대한 상냥한 목소리를 내려고 노력하며 말했다.

"아, 알겠습니다. 하지만 조금이라도 생각나는 게 있으면 말씀해 주세요. 국가 입장에서도 그들이 누구인지, 뭐하는 자들인지 알아야 책임을 묻던 보복을 하던……."

"보복?"

말을 자른 유석의 눈동자가 반짝거렸다. 은아는 고개를 끄덕였다.

"네, 보복요. 이런 일을 당했는데 국가적으로 가만히 있을 수는 없잖아요."

"보복을 한다는 말이지요. 그놈들한테."

"보복을 할지 다른 방법으로 책임을 물을지 아직 정해진 것은 아니지만 반드시 국가적 차원에서 이번 사태를 그냥 넘어가지는 않을 겁니다."

그런 은아의 말을 들은 유석은 다시금 그 끔찍한 일들을 떠올렸다.

확실히 그런 끔찍한 일들을 벌인 놈들은 그에 걸맞은 대가를 치러야 할 것이다.

정말 그것이 가능하다면, 또 거기에 도움이 된다면 눈앞의 국정원 요원이라는 여자에게 몇 마디 건네지 못할 것은 없었다.

그렇다면 무슨 이야기를 해야 할까. 역시 자신이 겪은 그 끔찍한 일들을 구구절절 읊는 것은 내키지 않았다.

한참을 생각하던 유석은 한 가지 사실을 떠올리고는 천천히 입을 열었다.

"한국말을 쓰더군요."

"네? 그들이 한국말을 썼다고요?"

끄덕.

"그것들이 자기들 언어가 아니라 한국말을 쓰기도 했다는 말이죠?"

"네."

은아가 알기로 분명 이번 전쟁에서 잡아놓은 포로의 언어는 매우 생소한 것이라 전혀 대화가 통하지 않아 외국어 전문가나 언어학자들이 동원될 예정이다.

그런데 유석에게는 한국말을 쓰기도 했다니.

'한국말을 할 줄 알면서 모르는 척하는 건가, 아니면 한국말을 할 줄 아는 소수의 인원이 있었나? 그도 아니라면……'

머리를 굴려본 은아였지만 해답은 나오지 않았다. 결국 은아는 쓸 만한 정보를 하나 얻었다는 사실에 만족하며 다른 것들을 물어보았다.

"그 밖에 다른 것은 생각나는 것 없고요?"

"……"

유석은 입을 다문 채 생각해 보았다. 아무래도 지금 입 밖으로 꺼낼 수 있는 이야기 중에서 이 여자가 관심을 가질 만한 이야기는 더 없을 것 같았다.

물론 실험이니 뭐니 하는 이야기들은 이 여자도 관심을 가질 만한 일일 것이다. 하지만 유석 본인이 아직 그때 겪은 일들은 자신의 입에 담고 싶지 않았다.

또 성치 않은 몸으로 이야기가 길어진 탓인지 피로함을 느졌다.

유석은 입을 다문 채 고개를 내저었다.

유석이 더 이상 말할 게 없다는 뜻을 비치자 은아도 하는 수 없이 자리에서 일어났다.

"알겠습니다. 협조해 주셔서 감사합니다. 혹시 나중에라도 생각나는 게 있으면 주치의에게 말씀해 주세요. 제가 바로 찾아오겠습니다. 그럼 특별히 더 하실 말씀이 있나요?"

"보복……."

"네?"

"그놈들에게 보복은 언제 하는 거지요?"

얼굴의 대부분에 붕대를 감고 있는 유석이었지만 붕대 아래에는 상당히 무서운 표정을 짓고 있다는 것을 은아는 직감했다.

정말 보복을 절실하게 원하는 것이다.

물론 이번 사태로 직접 피해를 입지 않은 국민 사이에서도 이번 사태를 일으킨 녀석들을 찾아내 보복을 해야 한다는 여론이 높은 상황인데 이번 사태의 가장 큰 피해자 중 한 명인 유석이라면 오죽하겠는가.

은아로서도 충분히 이해할 수 있었다. 하지만 은아는 국정원의 요원 입장에서 함부로 말할 수 없었다.

"말씀드렸듯 국가에서도 이번 일을 그냥 넘어가지는 않을 겁니다. 하지만 그것이 어떤 형태가 될지는 지금으로써는 말씀드리기가 어렵네요."

그러자 유석이 눈을 부릅뜨며 외쳤다.

"어렵다니요? 그놈들을 찾아내 군대로 박살을 내버려야죠!"

그런 유석과 눈이 마주친 은아는 잠시 흠칫했다. 하지만 표정 하나 바꾸지 않은 채 담담히 말을 이었다.

"물론 그것도 생각하고는 있습니다만 보복 전쟁이라는 것을 함부로 일으키는 게 쉬운 일이 아닙니다. 이 자리에서 어떻게 될 것이다 하고 말씀드리기는 어렵네요."

"그런!"

"아무튼 유석 씨의 협력, 정말 감사합니다. 몸조리 잘하시고요. 그리고 보상 같은 것은 나라에서도 최선을 다해 방법을 찾아보고 있으니 너무 걱정 마세요."

나라에서의 보상 따위는 생각해 본 적도, 기대해 본 적도 없는 유석이다.

하지만 더 말해봐야 소용없다는 사실을 깨달았는지 유석은 은아를 붙잡지 않았다. 그렇게 병실을 나선 은아는 한숨을 내쉬며 중얼거렸다.

"에휴, 정말 이런 일은 못 해먹겠다니까."

국정원 요원들 사이에서 '아름다운 인간 병기'라 불리는 은아였다.

누구를 체포하거나 때려눕히는 일이라면 자신 있지만 이렇게 마음의 상처를 입은 사람과 마주하는 것은 말 그대로 못해먹을 일이었다.

다만 사회생활이 다 그렇듯 못해먹을 일도 가끔은 해야 했다. 바로 지금처럼.

은아는 혹시 누군가 엿들을까 싶어 엘리베이터 대신 계단으로 내려가며 선배 요원에게 보고하기 위해 전화를 걸었다.

"네, 선배님. 지금 이야기 끝났고요, 쓸 만한 정보 하나는 건진 것 같네요. 뭐, 다른 것들도 좀 아는 것 같기는 한데… 상태가 상태인지라 지금 억지로 이야기를 시키는 건 별로 좋지 않은 것 같아요. 목격자가 저 사람 한 명인 것도 아니니까 지금은 내버려 두죠. 나중에 상태가 호전되면 그때 다시 물어보고요. 자세한 것은 가서 말씀드릴게요."

그렇게 은아는 병원을 나섰다. 한편 병실에 홀로 남은 유석은 여전히 마음을 추스르지 못했다.

"보복… 복수……"

침대에서 몸을 일으킨 채 수없이 저 말을 반복했다. 그 이름 모를 놈들에게 부모님과 여자 친구까지 잃어버렸다.

이 원한은 잊을 수가 없다. 오직 이 일에 책임이 있는 놈들에게 똑같은 고통을 돌려주는 것으로만 갚을 수가 있을 것이다.

그러던 유석은 문득 자신이 그 여자 국정원 요원에게 하지 않은 말이 있다는 것을 기억해 냈다.

그놈들은 그것을 실험이라고 한 것 같지만 대체 어찌 된 것인지 자세한 것은 알 수 없다.

분명한 것은 이상한 빛 같은 것이 주입되는 바람에 자신은 엄청난 고통을 겪었고 여자 친구 하나는 끔찍하게 살해당했다. 다시 떠올리기도 싫은 일이라 입에 담지도 못한 것이다.

하지만 한번 떠올리기 시작하자 폭포수처럼 그때의 기억이 쏟아지기 시작했다.

"하나야… 하나야!"

하나의 이름을 부르짖어도 그녀가 살아날 리는 없다. 그렇다면 자신이 할 수 있는 일은 하나뿐이다. 당한 대로 갚아주는 것.

"할 수만 있다면 이 손으로……."

유석은 붕대가 감긴 두 손을 움켜쥐었다.

7장
각성

입원한 지 보름 후 유석은 사실상 완치되었다는 진단을 받고 병원에서 퇴원했다.

본래라면 완치까지 두어 달 정도 걸릴 것으로 예상했다. 그랬는데 겨우 보름 만에 완치되다니 놀라운 생명력이라면서 의사가 놀랄 만큼 예정보다 빠른 퇴원이었다.

하지만 집에는 돌아왔지만 유석을 맞아주는 사람은 아무도 없었다.

부모님과 하나는 시신조차 찾지 못했다. 때문에 세 사람은 제대로 무덤조차 만들지 못했다.

이번 사태로 인한 사망자들의 합동 영결식인지 뭔지가 며칠 전 거행된 것을 유석은 병실 TV를 통해 지켜봐야만 했다.

"운이 없었지. 자네 탓은 아니야."

그나마 다행인 것은 하나의 부모님들이 유석의 탓을 하지 않았다는 것이다.

본래라면 하나와 둘이서 유석 부모님을 뵌 뒤 하나 부모님을 뵐 예정이었는데 그 예정은 하나의 사망으로 인해 전화 통화로 변경되어 버렸다.

병실에서 전화를 받은 유석은 하나 부모님이 자기 탓을 해도 어쩔 수 없다고 여겼는데 다행히도 하나 부모님은 딸의 죽음은 순전히 이 전대미문의 테러 행위로 인한 매우 불운한 사건이지 유석 탓이 아니라는 사실을 납득하셨다.

합동 영결식. 하나 부모님과의 전화 통화.

부모님과 하나의 일은 대외적으로는 그렇게 마무리되었다. 하지만 유석의 마음속에서는 결코 끝나고 잊을 수가 없는 일이었다.

그렇게 처참하게 돌아가신 부모님, 그렇게 끔찍하게 살해당한 하나.

그들의 마지막 모습은 아마 죽는 그날까지 잊지 못할 것이다.

"……."

텅 빈 집 안을 둘러보던 유석은 조용히 소파에 걸터앉았다.

유석의 마음처럼 집 안도 황량하기 그지없었다. 부모님과 함께 살 때는 한 번도 생각해 본 적 없지만 확실히 혼자 살기에는 너무나도 넓은 집이다.

사실 문제는 집뿐만이 아니었다. 이제부터 어떻게 살아야 할지 감도 잡히지 않았다.

일단 직장에 복귀한다?

물론 가려면 갈 수 있다. 하지만 지금처럼 아무것도 손에 잡히지 않는 마음으로 직장에 나가봤자 민폐만 끼칠 게 분명했다.

더군다나 다니던 직장에는 병으로 인한 장기 휴가 처리가 되어 있는 터라 바로 돌아갈 필요도 없었다.

직장 생각은 잊어버리기로 한 유석은 소파에 앉아 멍하니 시간을 보냈다.

얼마나 시간이 지났을까.

해가 저물고 점점 어두워져 갔다. 집 안의 불을 켜기 위해 소파에서 일어난 유석은 문득 벽 거울에 비친 자신의 모습을 보았다.

살아 있지 않은 사람처럼 공허한 눈빛, 축 처진 몸, 그리고 얼굴과 몸 곳곳에 반창고가 붙어 있는 게 보인다. 화상을 입은 부분이 아직 덜 나은 것이다.

다른 상처에 비해 회복은 늦지만 화상이 그렇게 심하지는
않아 머잖아 다 나을 것이고 흉터가 남더라도 간단한 성형수
술로 지워 버릴 수 있을 것이라 했다.

상처 위에 붙은 반창고를 만지작거리던 유석은 문득 이런
생각이 들었다.

부모님이, 하나가 살아 있었다면 이런 것을 보고 무슨 말을
했을까.

"우리 아들, 잘생긴 얼굴이 그게 뭐니?"

"아버지가 말했지. 남자는 얼굴이 생명이야."

"유석아, 얼굴이 왜 그래? 나름대로 괜찮은 얼굴이 다 망가졌
네."

부모님이나 하나의 반응을 상상해 본 유석이 작게 미소 지
었다.

그렇지만 유석의 미소가 일그러지기까지는 많은 시간이
걸리지 않았다.

이제 부모님이나 하나나 저렇게 말해주는 일은 절대로 없
을 것이라는 사실을 새삼 자각한 것이다.

"빌어먹을… 빌어먹을."

실없는 생각을 한 자신에게까지 화가 났다. 풀 길 없는 분

노와 슬픔은 눈물이 되어 흘러내렸다.

정말 바보 같게도 지금까지 유석은 부모님도, 하나도 영원히 자신의 곁에 있을 줄로만 알았다. 그런데 이렇게 하루아침에 모두 빼앗기게 될 줄이야.

아무래도 맨 정신으로는 버틸 수 없을 것 같았다. 유석은 집 안을 뒤져 아버지가 소중히 모셔놓은 양주 몇 병을 찾아냈다.

로열 샬루트, 조니 워커 블루, 레미 마르틴 XO, 발렌타인 30년 등 하나같이 비싼 술뿐이다.

"……."

양주병을 따는 유석의 얼굴에 슬픈 빛이 떠올랐다. 아버지가 소중히 하는 이 양주를 허락도 없이 딴다면 불벼락이 떨어질 일이다.

하지만 그 불벼락을 내릴 사람은 더 이상 이 세상에 없다. 유석은 양주를 하나하나 따 들이켜기 시작했다.

한 모금씩 마시자 취하지 않는 것 같아 한 잔을 원샷하고, 몇 잔을 그렇게 마셔도 취하지 않는 것 같아 병째 마시게 되었다.

그렇게 정신을 차려보니 대여섯 병이나 되었던 양주가 모조리 동이 났다.

"뭐야, 벌써 끝이야?"

빈 양주병들을 보며 유석이 게슴츠레한 눈으로 중얼거렸다. 이렇게나 마신 덕분에 조금 취기가 오르기는 했다.

하지만 여전히 부족했다. 실제로도 조금 취했을 뿐 마음이 풀어질 정도로 취한 것은 아니었다.

보통 사람이 양주 대여섯 병을 단숨에 비운다면 인사불성이 되거나 심지어 앰뷸런스에 실려 가는 신세가 될 것인데 말이다.

"내가 술이 이렇게 셌나?"

사실 유석은 술을 그렇게 좋아하지 않았다. 가끔 마신 기억을 되새겨 보면 소주 몇 잔에 취기가 올라 그만 마시고는 했다.

그런데 지금은 양주를 몇 병이나 비웠는데도 그렇게 취기가 오르지도 않았다.

냉정히 생각하면 이상한 일이었지만 지금 유석은 냉정하게 생각할 처지가 못 되었다.

마음의 고통 때문에 무진장 취하고 싶다. 그런데 집에는 다 마셔 버리고 더 이상 술이 없다. 그렇다면 술을 사러 갈 뿐이다.

마음속으로 계산을 마친 유석은 취한 사람치고는 꼿꼿한 걸음걸이로 집을 나섰다.

이미 자정이 다 된 시간이라 바깥은 완전히 깜깜했다. 집

앞 편의점으로 간 유석은 봉투에 소주를 한가득 집어넣어 계산대로 가져갔다.

"여기 얼마요?"

취기 때문인지 유석의 목소리가 약간 떨렸다. 그런 유석을 본 편의점 알바는 그다지 곱지 않은 눈으로 바라보았다.

양주를 엄청나게 들이켠 탓에 술 냄새가 굉장했던 탓이다.

알바는 유석이 행패를 부리지 않는 것을 다행으로 알고 빨리 나가라는 듯 평소보다 배는 빠른 속도로 계산해 주었다.

가게를 나서려던 유석은 문득 들려온 소리에 멈칫했다. 편의점에서 라디오를 켜 놓고 있었는데 때마침 들려온 자정 뉴스였다.

[정체불명의 테러 집단의 서울 공격 사건이 있은 지도 여러 날이 지났는데요, 아직도 그 테러 집단에 대해 밝혀진 것은 거의 없다고 합니다. 정말 그들의 정체는 외계인이라도 되는 것일까요, 아니면······.]

아직 그 나는 범선을 타고 나타난 놈들의 정체도 제대로 파악하지 못했는가.

취한 유석은 그런 놈들의 정체를 빠른 시간 내에 파악하기 어렵다는 말에 분노했다.

하늘을 나는 범선을 타고 나타난 놈들의 분노, 보다 빨리 그놈들을 모조리 갈아 마시지 못한 한국 정부의 무능함에 대한 분노.

"개새끼들……. 정말 개새끼들이야."

편의점을 나선 유석은 계속해서 개새끼라고 중얼거렸다. 그것도 작은 목소리도 아니고 근처 사람들이 다 알아들을 수 있을 만큼 작지 않은 목소리로 말이다.

20대 후반의 청년이 취한 채 개새끼라고 뇌까리며 걸어가니 지나다니는 사람들은 아무 말 없이 피했다.

혹은 혀를 끌끌 차며 젊은 놈이 저러다니 세상 꼴이 말이 아니라고 중얼거렸다.

그리고 이런 사람도 있었다.

"형씨, 지금 우리보고 개새끼라고 한 거야?"

"우리가 졸로 보이냐?"

제멋대로 차려입고 제멋대로의 헤어스타일을 자랑하는 양아치 패거리다.

유석의 정신이 멀쩡했다면 미안하다고 한마디 한 뒤 급히 자리를 피했을 것이다.

똥은 무서워서 피하는 것이 아니라 더러워서 피하는 법이니까.

하지만 취한 유석은 똥은 무서워서 피하는 것이 아니라 더

러워서 피하는 법이라는 간단한 인생의 법칙마저 떠올리지
못했다.

"니들은 뭐야!"

일이 터지려고 그랬는지 지금 유석과 양아치들이 있는 곳
은 본래부터 어둡고 인적이 많지 않은 곳인데다 주위에는 지
나다니는 다른 사람 한 명 보이지 않았다. 이런 상황이자 양
아치들도 물러서지 않았다.

"진짜 우리가 졸로 보이나 보네."

"죽고 싶어서 환장이라도 했나."

양아치들이 지껄이며 유석을 둘러쌌다. 사태가 여기까지
치달은 뒤에야 유석은 술이 조금 깨는 듯했다.

"뭐야? 왜 이래?"

"왜 이러냐고? 그쪽에서 먼저 우리보고 개새끼라매?"

"니들 보고 한 말 아냐. 비켜."

"비키라고? 허참, 정말 장난하나. 아직 자기가 무슨 상황인
지 대가리가 안 돌아가는 모양이지?"

확실히 유석의 머리가 알코올로 인해 아직 제대로 돌아가
지 않는 것은 사실이었다.

그렇지 않고서야 이미 양아치 무리와 시비가 붙었는데 고
자세를 유지하는 일은 없었을 테니까.

"일단 맞고 시작하자."

한 양아치가 친절하게도 미리 예고를 한 뒤 주먹을 날렸다.

양아치는 이전에도 남에게 주먹질을 한 경험이 많은지 꽤나 날카로운 펀치가 유석의 얼굴을 향해 날아왔다.

'어……?'

날아오는 주먹이 유석의 눈에는 똑똑히 보였다.

분명 빠르게 날아오는 주먹인데 유석이 느끼기에는 부우웅 하는 소리와 함께 천천히 날아오는 것처럼 보이는 게 마치 눈앞에 슬로우 모션 화면이 펼쳐진 듯한 기분이다.

피하려고 마음먹으면 충분히 피할 수 있을 것 같았다. 하지만 갑자기 눈앞이 슬로우 모션같이 보인다는 뜻밖의 사태에 유석은 제대로 행동을 취하지 못했다.

양아치의 주먹은 용서 없이 유석의 광대뼈에 꽂혔다. 둔탁한 소리가 울려 퍼지는가 싶더니 주먹을 명중시킨 양아치가 자기 주먹을 거두며 눈살을 찌푸렸다.

"씨발, 뭐야? 면상 존나 단단해."

양아치는 정말 엄청나게 단단한 물건을 친 듯 연신 손을 매만졌다.

때린 쪽이 눈살을 찌푸린 데 반해 맞은쪽은 의외로 태연했다.

체내의 알코올 때문인가. 분명 얼굴에 제대로 주먹을 맞았는데도 유석은 그렇게 아픈 것 같지도 않았다. 마치 빈 페트

병으로 세게 맞은 느낌이랄까.

하지만 취기는 달아나 버렸다. 덕분에 비로소 자신이 어떤 상황에 빠졌는지 자각한 유석은 당황했다.

양아치 패거리에 둘러싸인 상황은 처음이라 어떻게 빠져나가야 할지 떠오르지가 않았다.

'응?'

문득 유석은 뒤통수가 따끔거리는 기분을 느꼈다. 뭔가 날아올 것 같은 느낌. 유석은 본능이 시키는 대로 머리를 숙였다.

그 직후 뒤에 있던 양아치가 휘두른 주먹이 유석의 뒤통수를 스치고 지나갔다.

"어쭈? 피했나?"

이번에는 다리 쪽에서 무언가가 느껴졌다. 이번에도 본능이 시키는 대로 유석은 다리를 움직였다.

덕분에 유석의 다리를 걸어차려던 양아치의 시도가 무위로 돌아갔다.

비록 유석 본인은 취기가 가셨다지만 양아치들이 보기에는 술 냄새가 진동하고 얼굴까지 빨개진 취객이다.

그 취객이 양아치의 공격을 한 번도 아니고 두 번이나 피했다. 그 광경을 바라보던 다른 양아치들이 한마디씩 했다.

"너 지금 뭐하냐?"

"취한 놈 하나 못 맞춰?"

"몰라. 이 새끼가 다 피하잖아. 취권이라도 배웠나?"

"야야, 그냥 다 같이 한번 패주고 가자."

보아 하니 집단 폭행을 시도하려는 모양이다.

술은 깼다지만 아직 몸속에 알코올이 흐르는 탓일까, 아니면 원래부터 기분이 좋지 않았던 탓일까. 유석은 이상하게 호기가 치솟았다.

도망치거나 잘못했다고 비는 게 아니라 저놈들을 패주고 싶었다.

유석이 술병이 든 봉지를 내려놓음과 동시에 한 양아치가 먼저 덮쳐왔다.

양아치가 휘두른 주먹은 이번에도 이상하게 느리게 보였다.

유석도 지지 않고 주먹을 휘둘렀다. 비록 시작은 늦었지만 동작은 유석 쪽이 배는 빨랐고, 덕분에 유석의 주먹이 먼저 적중했다.

"으악!"

비명과 함께 유석의 주먹에 맞은 양아치의 몸이 몇 미터나 뒤로 날려가 처박혔다.

액션 영화에서나 나올 법한 과장스러운 상황에 양아치를 때린 유석도, 다른 양아치들도 눈이 동그래졌다.

"야, 야!"

"너 지금 장난 치냐?"

유석을 내버려 두고 맞은 동료에게 다가가 살핀 양아치들은 경악했다.

장난이라도 치는 줄 알았는데 맞은 동료는 안색이 새하얘진 채 정신을 잃어버린 것이다.

"저 씨발 새끼가!"

양아치 중에서도 가장 덩치가 큰 녀석이 욕지거리와 함께 유석에게 돌진해 왔다. 그대로 태클로 넘어뜨린 뒤 두들겨 팰 심산인 듯했다.

그런데 태클은 제대로 들어갔지만 유석은 쓰러지지 않았다.

유석의 입장에서는 양아치 녀석이 다짜고짜로 돌진해 와 끌어안은 꼴이 된 것이다.

불쾌함을 느낀 유석이 손을 들어 양아치의 얼굴을 움켜쥐었다.

"우와아악!"

붙잡힌 광대뼈가 부서지는 듯한 고통에 양아치가 비명을 내질렀다.

유석은 양아치를 잡은 그대로 팔을 들어 올렸다. 유석의 손아귀에 얼굴이 붙잡힌 채로 양아치의 몸이 공중에 떴다.

즉, 한 손의 악력만으로 사람 한 명을 들어 올린 것이다.

비로소 유석도 자기가 얼마나 대단한 짓을 한 것인지 자각하고는 놀라 양아치를 팽개쳐 버렸다.

물론 놀란 것으로 따지면 팽개쳐진 양아치와 그 동료들이 더했다.

악력만으로 사람을 들어 올린다는 것은 이들의 상식에서는 사람이 아니라 괴물의 영역이었다.

"씨, 씨발."

양아치들은 그 흔한 두고 보자는 말도 하지 못한 채 욕지거리와 함께 꽁무니를 빼 달아났다.

홀로 남은 유석은 자신의 손을 바라보며 놀란 표정을 지었다.

'한 손으로 사람을 들었어?'

당한 양아치들만큼은 아니라도 유석 역시 어느 정도는 자기가 얼마나 대단한 짓을 해냈는지 자각하고 있었다.

모르긴 몰라도 악력만으로 사람을 들어 올리려면 최소 올림픽 선수급의 체력이 필요하지 않을까.

그 보통 사람으로서는 꿈도 꿀 수 없는 일을 유석은 해낸 것이다.

대체 이게 어찌 된 일인가. 혹시 술이 너무 많이 들어간 나머지 양아치들을 만나고 한 일은 죄다 꿈이나 환각이었던 것인가.

하지만 꿈이나 환각치고는 너무나도 생생했다. 지금 보이는 풍경 하며 몸을 움직여 봐도 보이고 느끼는 것은 꿈이나 환각이 아니라 현실 세계였다.

"뭐가… 어찌 된 거야……."

유석은 술병이 든 봉지를 챙기는 것도 잊은 채 황망히 걸음을 옮겼다.

지금은 술이고 뭐고 일단 집으로 돌아가고 싶은 생각뿐이었다.

이제 눈앞의 찻길만 건너면 집이다. 유석은 빨리 집으로 돌아가고 싶은 나머지 신호도 기다리지 않고 무단횡단으로 길을 건너려 했다.

바로 그때, 유석은 무언가가 머릿속을 찌르는 듯한 감각을 느꼈다.

지금처럼 태평스레 걸어가면 안 될 것 같은 느낌. 몸을 날리듯 뛰어가거나 물려야 할 것만 같다.

유석은 자기도 모르게 본능이 시키는 대로 몸을 날려 길을 건넜다. 간발의 차이로 1.5톤 트럭이 유석의 배후를 스쳐 지나갔다.

"이 미친놈아! 죽고 싶어 환장했어!"

트럭 운전사가 욕설을 퍼부었다. 욕을 들었다고 트럭 운전사를 탓할 수도 없는 게 유석의 행동이 조금만 늦었어도 정말 유석이 죽었을 가능성이 적지 않았기 때문이다.

그것도 신호 따위는 완전히 무시한 무단횡단이었으니 말이다.

정신없이 찻길을 건넌 유석은 뒤늦게 또 한 번 놀랐다. 트럭에 치일 뻔한 게 아니라 다른 사실에 말이다.

"뭐지… 그건?"

트럭에 치이기 직전 느꼈던 감각. 몸속에서 경보가 울린 듯한 그 감각은 이전까지 한 번도 느껴본 적이 없는 것이다.

그러고 보니 조금 전 양아치들을 만났을 때도 비슷한 일이 있었다.

날아오는 주먹이 이상하게 느린 듯 보이고 배후에서 누군가 공격하는 것까지 느꼈다.

이런 것을 식스 센스, 육감이라고 부르는 것인가. 하지만 유석이 알기로 자신은 특별히 이런 것을 느낀 적이 없었다.

그런데 이제 와서 갑자기 알 수 없는 괴력에 이상한 감각까지 느꼈다. 대체 무슨 일이 벌어지고 있는 것이라는 말인가.

낯선 힘, 낯선 감각. 두려워진 유석은 황급히 집으로 돌아왔다.

문을 단단히 걸어 잠근 뒤 아무도 없는 집 안에 홀로 앉아 있는데도 쉽사리 진정되지 않았다.

혹시 전부 착각이었던 것은 아닐까.

난데없이 알 수 없는 힘에 알 수 없는 감각까지 느꼈다는 것보다는 모두 착각이었다는 게 일단은 더 그럴듯해 보였다.

즉, 양아치를 주먹 한 방으로 몇 미터나 날려 버린 것도 착각이고, 다른 양아치를 한 손으로 던진 것도 착각이고, 양아치들의 공격을 보지도 않고 피한 것도 착각이고, 자동차가 오는 것을 느낀 것도 착각이다.

모두 다 착각이다.

"…그것도 이상해."

생각하던 유석은 자기도 모르게 주먹을 말아 쥐고 있었다. 정말 자신의 힘이 세졌다면 주먹으로 뭘 쳐보면 확인을 할 수 있을 것이다.

두리번거리는 유석의 눈에 두꺼운 대리석 판이 보였다. 무슨 받침대 용도로 쓰던 것으로 지금은 쓰지 않지만 버리기는 아깝다는 이유로 집구석에 방치해 둔 것인데 상당한 크기와 두께를 자랑했다.

대리석 판을 내려다보던 유석은 잠시 고민했다. 만약 모든 것이 착각이었다면 괜히 이 단단한 것을 쳤다가 손만 다치는 멍청한 짓을 하는 꼴이다.

하지만 다시 생각해도 방금 전의 일들이 모두 착각인 것 같지는 않았다.

한참이나 대리석 판을 내려다보던 유석은 결심을 하고는 주먹으로 대리석 판을 내려쳤다.

주먹과 대리석이 힘껏 부딪친다면 대개는 주먹 쪽이 피해를 입을 것이다.

하지만 부딪친 순간 와장창 하는 요란한 소리와 함께 대리석 판이 두 동강 났다.

주먹은 약간의 통증과 함께 조금 빨갛게 변한 것치고는 별다른 피해가 없었다.

"세상에……."

자기가 한 일에 놀란 유석은 주먹과 깨진 대리석을 번갈아 보았다. 다시 봐도 대리석은 깨졌고 자신의 주먹은 멀쩡했다.

이런 일은 대단한 무술 고수나 엄청난 괴력의 소유자가 할 수 있는 일일 터.

어릴 적 몇 달 태권도장과 군대에서 태권도 훈련을 한 게 무술 경력의 전부인 유석이었기에 이게 무술 실력일 가능성은 없다.

그렇다면 역시 엄청난 괴력이라는 말인가.

"한 번 더 해보자."

아무래도 한 번만으로는 믿지 못하겠다고 여긴 유석은 한 번 더 시험해 보기로 했다.

이번에는 돌아가신 아버지가 공작용으로 쓴다고 집 안 창고에 쟁여둔 쇠파이프를 꺼냈다.

무기로 써도 될 정도로 상당히 두껍고 튼튼한 쇠파이프라 보통 인간의 힘으로 어떻게 하기는 힘들 것이다.

쇠파이프를 쥔 유석은 쥔 손에 힘을 주어보았다. 손 안에서 둥근 물체가 구겨지는 느낌이 생생하게 전달되었다. 손을 펴자 손자국이 고스란히 남아 있는 쇠파이프의 모습이 보였다.

이어 유석은 쇠파이프를 양손에 준 뒤 힘을 주었다. 끼이익 소리와 함께 쇠파이프가 90도로 꺾이고, 마침내 180도로 완전히 접혀 버렸다.

단단한 대리석은 한주먹으로 두 동강을 냈다. 두껍고 튼튼한 쇠파이프는 악력으로 손자국을 내고 힘으로 완전히 접어 버렸다.

이 모든 것을 해낸 유석은 보통 인간을 훨씬 초월하는 괴력의 소유자라는 사실에 의심의 여지가 없어졌다.

"그러면 그 감각도?"

잠시 생각하던 유석은 유리컵 하나를 깨뜨려 바닥에 흩어 놓은 뒤 조금 떨어진 곳으로 가 눈을 감고는 천천히 유리 조각이 있는 쪽으로 걸어가기 시작했다.

걸음을 멈추지 않으면 유리 조각을 밟고 크게 다칠 것이다.

하지만 유석은 걸음을 멈추지도, 눈을 뜨지도 않았다. 유석이 한두 걸음만 더 걸으면 유리 조각을 밟게 되었을 때,

'……!!'

무언가가 머릿속을 찌르는 듯한 감각이 느껴졌다. 더 걸어가지 말라고 큰 소리로 외치는 듯한 느낌. 유석은 걸음을 멈추고 눈을 떴다.

그제야 자신이 유리 조각을 밟기 직전의 상황이라는 것을 명백히 인지했다.

"우연이 아니야."

괴력과 마찬가지로 이 감각 역시 확신할 수 있었다. 물론 자신이 걸어가는 끝에 유리 조각이 있다는 사실을 미리 알고 있었으니 보통 인간의 본능이 작동했을 수도 있다.

하지만 이 머릿속을 찌르는 감각은 유석이 이전에는 느껴 본 적이 없는 것이었다.

갑자기 괴력이 생겨난 것처럼 이런 감각도 갑자기 느껴지기 시작했다.

이것은 본래 인간의 본능적인 어떤 것이라고 설명할 수가 없는 것이다.

말하자면 각성이랄까. 엄청난 힘과 위험을 감지할 수 있는 감각을 조금 전의 일들을 계기로 각성한 것이다. 그렇게밖에는 설명을 할 수가 없을 것 같았다.

"이 힘도 진짜고 이 감각도 진짜라면… 어떻게? 왜?"

어떻게 이런 힘과 감각이 생겼는가. 왜 이럴 때에 하필 자신에게 이런 힘과 감각이 생겼는가.

아무리 생각해도 이전의 유석에게는 이런 힘이나 감각이 존재하지 않았다.

부모님이 돌아가시고 하나가 죽은 그때까지만 해도 이런 힘과 감각은 없었다. 그럼 그 이후에 생겼다는 말일까.

'이런 힘이 이전부터 있었다면…….'

이전부터 있었다면 부모님이나 하나가 그렇게 죽음을 맞이하지 않았을지도 모른다.

그렇게 생각하니 유석은 자신의 이 힘이 그다지 고맙게 여겨지지가 않았다.

아니, 화가 나기까지 했다. 정작 필요할 때는 없었는데 이제 와서 무슨 소용이라는 말인가.

그러나 지금은 분노보다는 이 힘에 대해 알아보는 것이 먼저일 것이다. 도대체 이 힘은 어떻게 생긴 것이라는 말인가.

오늘 이전까지 이런 괴력이나 감각 같은 것을 느낀 적이 전무한 것을 감안하면 유석이 태어나면서부터 이런 힘을 가지고 있었을 가능성은 없다.

그렇다고 유석이 영화나 만화에 나오는 것처럼 다량의 방사능을 쬐거나 돌연변이 거미에게 물리거나 한 기억도 없다.

이런 힘이 생길 것 같은 체험. 생각하고 또 생각을 거듭하니 한 가지 떠오르는 게 있었다. 바로 하나가 죽었을 때의 일이다.

"그래, 분명 그때 무언가가 나와 하나의 몸 안으로 들어왔어. 결국 그 일 때문에 하나가 그렇게 되었고. 그렇다면?"

하늘을 나는 범선을 타고 온 놈들이 자신과 하나, 다른 사람들에게 자행한 실험이라고 부른 행위.

그때 분명 푸른 안개처럼 피어오른 빛이 유석의 몸에 주입되었다.

그것 때문에 하나가 죽었고, 같이 붙잡혔던 다른 사람들도 아마 모두 그것 때문에 죽었을 것이다.

하지만 유석은 살아남았다. 다른 모두를 죽인 정체불명의 빛이 주입되고도 홀로 살아남았다.

사람을 끔찍하게 죽이는 작용이 있는 미지의 무언가를 받고도 살아남았다면 그로 인해 이런 괴력과 예민한 감각이라는 새로운 힘이 생긴 건 아닐까.

생각을 거듭할수록 그 일밖에는 떠오르지 않았다. 아무래도 그 실험이라는 짓이 유석을 이렇게 만든 것 같았다.

"그러니까… 그놈들이 나를 이렇게 만들었다고? 어머니, 아버지를 죽이고 하나를 죽인 그놈들이?"

그렇게 생각하니 이 힘이라는 것이 조금도 소중하게 느껴지지 않았다.

아니, 찢어 죽여도 시원찮을 녀석이 자신에게 남긴 어떤 낙인이라고까지 생각되었다.

유석의 손이 부르르 떨렸다.

"빌어먹을!"

외치며 유석이 주먹을 휘둘렀다. 아무렇게나 휘두른 주먹
이 벽을 가격했다.

콘크리트로 된 벽이 깨져 나가며 주먹만 한 구멍이 생겼다.

자신이 깨뜨린 벽을 바라보며 유석은 부르짖었다.

"개자식들! 절대로 용서 못해! 절대로!"

*　　　*　　　*

다음 날 아침.

창문으로 비치는 햇살에 눈이 부신 유석은 천천히 잠에서
깨어났다.

멍하니 눈을 뜬 유석의 시선은 의미 없이 집안 곳곳을 향하
다 한곳에서 멈춰 섰다. 벽이 금이 가고 깨져 나간 부분이다.

그 부분을 본 유석은 어젯밤의 일을 기억해 냈다. 전에는
없던 힘을 자각한 것을 말이다.

그 힘으로 저렇게 벽을 깬 뒤 취기가 올라 어느 샌가 잠이
들어버린 모양이다.

"힘이라면……."

분명 어젯밤에 이 힘을 몇 번이나 확인했다. 하지만 술에서 깨고 나니 또 한 번 의심이 들었다.

유석은 바닥에 떨어진 콘크리트 조각 중에서 제법 큰 것을 잡고는 힘을 주어보았다. 단단한 콘크리트 조각이 악력에 가루가 되어 바닥으로 떨어졌다.

"꿈이 아니었어."

다시 한 번 힘을 확인한 유석은 냉수를 들이켠 뒤 조용히 소파에 앉았다.

잠도 깨고 어제처럼 취하지도 않은 탓에 머리가 냉정하게 돌아가는 것 같았다.

자신에게 초인적인 힘이 생겼다는 사실 자체는 이제 의심의 여지가 없다.

그럼 이제부터 어떻게 해야 할까. 가장 상식적인 대처라면 역시 병원에 찾아가 보는 것이다.

'갑자기 힘이 세지고 없던 감각이 생겨나는 질병' 이라는 것이 존재한다는 소리는 들어본 적 없지만 정말 병일지도 모르는 노릇이고, 아니더라도 병원에서 진료를 받으면 어째서 이런 힘이 생겼는지 객관적으로나마 알아낼 수 있을지도 모른다.

하지만 달리 생각해 보면 병원에 간다는 것은 곧 유석 자신에게 이런 힘이 생겼다고 온 세상에 공표하는 것이다.

아직 이 힘을 어떻게 사용할지도 모르는 판에 그것을 세상에 공표하는 것이 과연 현명한 선택일까.

거기에다 영화나 만화 따위에서 흔히 나오는 초인을 가지고 온갖 비인간적인 만행을 저지르는 권력자들 스토리까지 생각났다.

'역시 지금은 나만 알고 있는 게 좋겠어.'

힘을 세상에 알리지 않는다. 이 힘을 없는 것처럼 묻어둔다. 그것도 한 방책일 수 있었다.

누구에게도 알리지 않고 본인마저 이 힘이 존재하지 않는 것처럼 그렇게 살아간다. 가장 편한 길은 그것이 될 수도 있었다.

"하지만……."

힘이 생기게 된 과정은 마음에 들지 않았지만 아무튼 일단 생긴 힘이다.

그것을 마치 존재하지 않았던 것처럼 묻어버리자니 무언가 낭비라는 생각이 들었다.

묻어두지 않는다면 어떻게든 써야 할 것이다. 그렇다면 어떻게?

영화나 만화에 나오는 것처럼 가면을 쓰고 사회악을 척결하고 다니는 짓거리 따위에는 흥미 없었다.

세계 정복 같은 정신 나간 짓거리는 더더욱 흥미 없었다.

그런 짓거리를 하지 않고 이런 힘을 제대로 쓰는 방법. 생각을 거듭하니 무언가가 희미하게 떠오르는 것 같기도 했다.

하지만 뚜렷하게 떠오르지는 않는 게 하루아침에 바로 정할 일은 아닌 듯했다.

결국 좀 더 생각해 보기로 한 유석은 그동안 떠올랐던 생각의 파편을 중얼거렸다.

"내가 직접 그것들에게 복수할 수 있다면."

8장

탈출

남북통일 이후 국정원의 주 업무는 통일 대한민국을 둘러싼 강대국, 즉 중국, 러시아, 일본 등의 동정을 살피고 옛 북한 세력을 감시하는 일이었다.

　특히 옛 북한 세력의 감시가 더 중요했는데, 남한이 주도하는 흡수 통일 과정에서 권력을 잃은 옛 북한의 지배 계층 중에서 딴 맘을 먹거나 심지어 무언가 국가 안보를 위협하는 행위를 자행할 수도 있기 때문이다.

　하지만 그 모든 업무가 뒷전으로 밀려났다. 이유는 물론 레닌 제국이라 자칭하는 녀석들이 선전포고도 없이 대한민국을 공격한 사건 때문이었다.

"레넌 제국?"

"그래, 자기들이 소속된 국가 이름이래."

선배 요원의 말을 들은 은아는 고개를 내저었다.

"이거야 원, 19세기도 아니고 뭔 놈의 제국 타령이야."

"지구상의 국가가 아니라잖아."

"나도 들었어요. 다른 차원에서 왔다고요?"

은아는 여전히 믿기지 않았다. 다른 차원이라니.

"다른 차원… 다른 차원… 정말 그것들, 다른 차원에서 온 게 맞대요?"

"자기들은 그렇게 주장하고 있어. 뭐, 보위부 출신 녀석들이 손봐주고 있는데 뻥을 치지는 않겠지. 거기에다 그것들의 문물은 지구 문물과는 완전히 달랐잖아. 그 하늘을 나는 범선도 그렇고 그 뭐라더라? 걔들이랑 우리가 말 통하게 해주는 거."

"번역 마법."

"맞아, 번역 마법. 그런 것도 있고."

정보를 바탕으로 조사한 결과 번역 마법 구슬이라는 것의 존재를 알게 되었다.

다른 언어를 즉석에서 완벽하게 번역해 주는 번역 마법이 걸려 있는 구슬.

그것이 한 개도 아니고 여러 개가 무사히 한국 측에 넘어온 덕분에 국정원에서는 예상보다 레넌 제국 포로들의 조사를 수월하게 할 수 있었다.

국가안전보위부 출신 요원들이 포로들을 손봐주는 과정에 번역 마법 구슬을 들이대면서 정보를 캐내었다.

"그리고 걔들 신체검사를 해봤는데 보기엔 인간과 똑같아도 DNA로 보면 조금 다른 것도 있다고 하더라. 아무튼 지구인이 아닌 건 분명해."

선배의 말에 은아도 그들이 다른 차원에서 왔고 최소한 지구인은 아니라는 것은 수긍할 수밖에 없었다.

"그나저나 그것들, 얌전히 굴고 있대요?"

"뭐 아직까지는."

"그것들, 마술인지 마법인지도 쓴다면서요. 뭐, 불도 쏘고 물도 쏘고. 그런 녀석들을 그냥 묶어 가둬두는 것으로 안전할까요?"

"별일이야 있겠어? 우리한테 한번 박살 나고 갇힌 애들이 잖아. 게다가 죄다 묶어 독방에 처넣어놨으니 저희끼리 작당 같은 것도 못할 텐데. 혼자서 난동 부려 봤자지."

선배 요원과는 달리 은아는 여전히 불안감이 남아 있었다.

"그렇다면 좋겠지만……."

　　　　　　*　　　　*　　　　*

　카리스는 레넌 제국 블랙드래곤 군단 소속의 마법단장이
다.

　군단원이 숱하게 피를 흘리고 죽음을 맞이하는 와중에도
용케 살아남았지만 그 역시 군단원을 학살한 괴물 같은 이 차
원 놈들의 손아귀에서 벗어나지는 못했다.

　결국 생포되어 포로 신세가 되어 이 국정원인지 뭔지 하는
곳에 붙잡혀 있게 된 것이다.

　아마 이곳에 붙잡혀 있는 포로 중에서는 가장 높은 지위일
것이다.

　카리스는 자신이 감금된 장소를 둘러보았다.

　좁은 공간에 눈에 띄는 것이라고는 침대 하나와 탁자 하나,
그리고 의자 하나, 변기 대용으로 쓰라며 갖다 준 통과 천장
구석에 붙어 있는 알 수 없는 장식품 하나뿐이다.

　아마 이곳은 한 사람만을 머물게 하거나 가두기 위해 만들
어진 독방일 것이다.

　제국의 감옥과 비교하면 상당히 깨끗하고 편한 감옥이라
할 수 있지만 아무튼 감옥은 감옥.

　이곳의 포로들이 적에게 붙잡혀 감금된 신세라는 사실은
변하지 않았다.

'언제까지 이곳에 감금되어 있을 수는 없다.'

이렇게 결론 내린 카리스는 바깥 분위기를 살펴보았다. 단단한 벽과 철문이 가로막고 있어 바깥을 볼 수는 없었지만 조용한 분위기를 보건대 지금은 평온해 보였다.

다행인 것은 이 차원의 녀석들은 엄청나게 강력한 무기들을 가지고 있는 데 반해 마법에 대한 지식은 전무했다.

팔다리를 묶어놓아도 마법은 쓸 수 있는데, 그것에 대한 어떠한 대책도 세우지 않은 것 같았다.

그렇다면 방법은 있다.

속으로 가만히 중얼거린 카리스는 정좌를 하고 앉은 뒤 가만히 속으로 중얼거렸다.

[내 말 들리나?]

스스로의 마음에게 내 말이 들리느냐고 바보같이 자문한 것이 아니다.

입이 아니라 머릿속으로 다른 사람과 대화를 나누는 텔레파시 마법이었다.

텔레파시 마법은 상당히 고급 마법이라 한 명씩 따로 감금되어 상대의 얼굴을 보지 못하는 지금과 같은 상황에서 자유자재로 쓸 수 있는 사람은 포로 중 카리스 한 사람이 뿐일 것이다.

곧 카리스의 텔레파시 마법을 통해 첫 번째 답변이 들어

왔다.

[역시 단장님이시군요. 무사하십니까?]

[나는 괜찮다. 너희는 어떤가?]

곧 카리스의 머릿속으로 보고들이 들어오기 시작했다.

[단장님, 죄송합니다. 놈들의 고문을 견딜 수가 없었습니다.]

[놈들의 고문 기술이 대단해서 이대로는 누구든 할 것 없이 아는 것을 모두 불어버릴 겁니다.]

[하루빨리 이곳을 벗어나야 합니다.]

머릿속으로 들려오는 보고를 들으며 카리스는 얼굴을 일그러뜨렸다.

자신에게 들어오는 보고를 종합해 보면 아무래도 상황이 썩 좋지 않았다.

이 차원 놈들은 마법이 뭔지도 모르는 야만인 주제에 온갖 강력한 무기를 가지고 있는 것은 물론이요 심문 기술도 상당히 발달해 있었다.

이상한 약을 먹이거나 전격 마법에 당한 듯 온몸이 찌릿찌릿해지는 고통을 선사하고 물에 집어넣는 등 여러 가지 다양한 심문 기술로 군단원들이 가진 정보를 빼내고 있었다.

카리스는 이렇게 결론 내릴 수밖에 없었다.

[아무래도 여기서 더 있는 것은 위험하다.]

사실 이곳의 포로들은 모두 마법을 쓸 수 있다. 일반 병사들도 기본적인 마법 정도는 다들 숙지하고 있었으며 마법사 칭호를 받은 자들은 상당한 수준의 마법까지 시전 가능했다.

하지만 어설프게 마법을 썼다가 괜스레 저들의 신경을 건드려 포로들이 모조리 학살당하거나 하는 사태가 벌어질 수도 있다.

그런 최악의 사태를 방지하기 위해 카리스는 모든 포로에게 어떤 상황에서도 마법을 쓰지 말라고 명령했다. 모욕을 당하거나 심지어 고문을 당하더라도 말이다.

그런 카리스의 명령은 잘 지켜져 포로들이 마법으로 난동을 부리다가 진압당하는 사태 같은 것은 일어나지 않았다.

그러나 이렇게 심문을 당하면서 자신들이 알고 있는 모든 정보를 갖다 바칠 수는 없었다.

그렇게 될 바에야 한번 탈출을 감행해 보는 게 낫다. 설사 실패하여 포로들이 전멸하더라도 자신들이 알고 있는 모든 정보를 이 차원의 야만인들에게 실토하는 것보다는 나았다.

[…이곳에서 탈출한다.]

고심 끝에 카리스가 모두에게 알렸다. 한 명 한 명에게 각각 알렸지만 목숨이 아깝다고 반대하는 포로는 없었다.

과연 충성스러운 레넌 제국의 군인다운 풍모라고 할 수 있었다.

카리스는 주위 상황을 살폈다. 현재 자신은 팔에는 수갑, 다리에는 족쇄가 채워진 채 창문 하나 없는 독방에 감금되어 있으며, 독방을 오가는 유일한 출입구는 튼튼한 철문으로 막혀 있다.

다른 포로 모두가 자신과 비슷한 상황이라고 한다. 그리고 심문을 받기 위해 밖으로 드나드는 과정에서 문밖에는 감시하는 간수가 몇 명 서 있는 것을 알 수 있었다.

이 정도라면 상당히 철저한 방비라고 할 수 있다. 단 한 가지 약점이라면 독방 안에는 별다른 감시의 시선이 느껴지지 않는다는 점이다.

만일 카리스가 감시하는 입장이라면 철문에 구멍을 만들고 바깥에 간수 여러 명을 배치하여 이 독방 안까지 철저히 감시할 수 있도록 했을 것이다.

하지만 여기 야만인들은 독방의 튼튼함을 지나치게 믿는 것인지 독방 안을 감시하는 시선이 전무해 보였다.

[모두들 팔다리를 묶고 있는 것을 풀어낼 수 있겠나?]

이런 카리스의 질문에 대한 답변은 한결같았다.

[가능할 것 같습니다.]

[이 정도라면 푸는 게 그렇게 어렵지 않을 것 같습니다.]

물론 튼튼한 수갑이나 족쇄를 힘으로 풀기는 어렵다. 하지만 마법의 힘으로 잠금을 푸는 열쇠 마법이 있다.

다른 처리가 되어 있지 않고 그저 잠금쇠 구조로 여닫도록 된 자물쇠는 열쇠 마법으로 해제가 가능했다.

[지금부터 탈출을 시작한다. 모두들 묶고 있는 것을 풀어라.]

마침내 카리스의 명령이 떨어졌다. 본래 탈출이라면 어두운 밤에 하는 게 상책이겠지만 바깥의 햇빛이 한 점도 들어오지 않는 독방인데다 계속된 심문 탓에 시간 감각이 없어 자세한 시간을 아는 것이 불가능하기에 지금 강행하기로 한 것이다.

카리스의 명령을 들은 포로들과 카리스는 수갑과 족쇄를 풀기 시작했다.

모두들 조용히 움직인 덕분에 별일 없이 포박에서 벗어나는 데 성공했다.

[단장님, 풀었습니다.]

보고를 들으며 자신을 비롯한 모든 포로가 포박을 푼 것을 확인한 카리스는 문에 손을 대고 주문을 속삭였다.

문이나 벽을 뚫고 바깥 상황을 살필 수 있도록 투시 마법을 시전한 것이다.

바깥에는 간수 두어 명이 지루한 표정으로 손에 든 자그마한 무언가를 보고 있었다.

이곳에 갇혀 있는 포로의 숫자는 줄잡아 100명에 가깝다.

그들이 한꺼번에 탈출한다면 아무리 조용하게 움직여도 들킨다고밖에 볼 수 없다.

그렇다면 은밀함보다는 재빠르게 움직여 간수들을 처리하고 길을 찾아 빠져나가는 게 좋을 것 같았다.

마음을 정한 카리스가 명령을 내리려 했다.

그런데 바로 그때, 맹수가 가늘게 울부짖는 듯한 요란한 소리와 함께 통역 마법 없이는 알아들을 수 없는 이 세계의 말이 시끄럽게 울려 퍼졌다.

카리스는 황급히 통역 마법을 직접 시전해 보았다.

"…포로들이 탈출을 시도하고 있다!"

"아니?"

카리스는 경악했다. 제대로 시작도 하기 전에 들키다니 이게 대체 무슨 일이란 말인가.

두리번거리는 카리스의 눈에 독방 천장 구석에 매달린 장식품 같은 물건이 들어왔다.

네모난 몸체에 원기둥이 붙은 형태의 정체불명의 물건. 이상한 장식품이려니 생각하고 별 신경을 쓰지 않고 있었는데 이제 보니 저 물건이 수상했다.

물론 카리스나 다른 레넌 제국의 포로들은 저 물건의 이름이 CCTV라는 것을 알 리 없었다. 다만 지금의 상황에서 어떻게든 최선의 수단을 찾으려 애쓸 뿐이다.

카리스는 재빨리 잠긴 독방 문을 마법으로 열어젖혔다. 간수 두 명이 자신을 보고 놀라 허리춤에서 ㄱ 자 쇳덩어리, 일컫기를 권총을 꺼내 들려고 했다.

비록 권총이라는 이름은 알지 못하는 카리스였지만 저 물건이 폭발음과 함께 사람 몸을 관통하는 위력이 있다는 것은 알고 있기에 서둘러 손을 썼다.

두 간수가 권총을 꺼내 겨누는 것보다도 카리스가 시전한 얼음창 마법이 더 빨랐다.

팔뚝만 한 얼음창에 관통당한 두 간수는 그대로 고개를 꺾으며 절명했다.

─사망자 발생! 되도록 생포하되 불가능하면 사살해도 좋다!

독방 밖 CCTV를 통해 지금의 상황을 바로 알아챈 국정원에서 새로운 방송을 했다. 번역 마법으로 이 말을 알아들은 카리스는 급히 움직였다.

"모두들! 서둘러 나와라!"

독방에서 하나둘 포로들이 나오기 시작했다. 모두가 고도의 훈련을 받은 정예들이라 몸이 성한 자들은 모두 나올 수 있었다.

다만 자기 몸을 가누지 못하는 자들까지 챙길 여유는 없었다.

"아, 안 되겠다. 닥치고 쏴!"

다른 간수들이 권총을 빼 들고 포로들을 향해 발포하기 시작했다.

탕, 탕, 탕!

몇 발의 총성과 함께 두어 명의 포로가 피를 흘리며 쓰러졌다.

하지만 동료들이 피를 흘리며 쓰러지는 와중에도 포로들의 움직임은 멈추지 않았다.

여기 갇힌 포로들이 무력한 민간인이었다면 총 한두 자루로 진압이 가능했을지도 모른다.

본보기로 몇 명만 사살해도 순식간에 기세를 제압당해 마침내는 진압당했을 가능성이 높다.

하지만 저마다 죽음을 각오한데다 전투 훈련을 받았고 전원 마법까지 쓸 줄 아는 자들이다.

권총 몇 자루와 수십 명분의 마법 간의 대결은 결국 마법의 승리로 끝났다.

그렇게 수갑과 족쇄를 풀고 독방을 빠져나온 포로의 숫자는 수십 명을 헤아렸다.

─탈출한 자들은 전원 사살해도 좋다. 반복한다. 전원 사살해도 좋다!

방송과 함께 멀리서 발소리가 들려오는 듯했다.

일을 이 정도로 벌였으니 대규모의 무장 병력이 진압하기 위해 오리라는 것은 누구라도 생각할 수 있는 일이다.

카리스를 비롯한 포로들은 최대한 빨리 이 건물을 벗어나기 위해 주변을 수색하기 시작했다.

"바깥으로 통하는 길은?"

"보이질 않습니다!"

"창문 같은 것은 없나?"

"없습니다!"

"염병할."

쉽사리 나갈 길을 찾을 수가 없었다. 무엇보다 포로들이 감금되어 있던 건물 구조부터가 카리스나 다른 포로들에게는 익숙하지 않은 것이었다.

포로들이 있는 이곳은 1층이 아니다. 제국의 건물이었다면 이런 상황에서 1층이나 지상으로 오가기 위해 오르내리는 계단, 마법으로 날아 들어갈 수 있도록 만들어진 커다란 창문, 높은 층까지 편하게 오르게 해주는 마법 카펫 셋 중 최소한 하나가 존재했을 것이다.

하지만 지금 이곳에는 셋 중 어느 것도 눈에 띄지 않았다.

그렇게 시간은 없는데 마음만 급해져 주위를 둘러보던 카리스의 눈에 독특한 게 보였다.

한 쌍의 철제 미닫이문처럼 생긴 게 벽면에 붙어 있었는데,

손잡이 같은 것은 보이지 않았지만 어떻게 열 수 있을 것 같았다.

"저 철문을 열어봐라!"

"알겠습니다!"

포로들이 달려들어 철문을 열기 위해 애를 쓰기 시작했다. CCTV를 통해 그 광경을 지켜보던 국정원 요원들은 하나같이 어이없다는 표정을 지었다.

"저것들, 엘리베이터 앞에서 뭐하는 거야?"

국정원의 비밀 지하 감금 구역의 통로는 지금 포로들이 진을 치고 있는 엘리베이터와 숨겨진 계단 출입구뿐이다.

명색이 감금 목적으로 만들어진 곳이라 엘리베이터도 튼튼하게 만들어지기는 했지만 마법이라는 이상한 힘을 쓰는 포로들 앞에서 얼마나 버틸지는 미지수였다.

그나마 중앙에서 통제가 가능한 엘리베이터라 저것들이 타고 올라올 가능성이 없는 게 다행이었다.

CCTV로 상황을 감시하던 요원이 내부에 투입된 무장 병력에게 알렸다.

"저것들 지금 엘리베이터 앞에서 죽치고 있다. 엘리베이터는 안 움직이도록 해놨으니까 계단으로 내려가서 족쳐."

그와 동시에 엘리베이터 문을 향해 마법이 쏟아지기 시작했다.

먼저 수갑이나 족쇄, 독방 문을 열 때처럼 열쇠 마법이 동원되었지만 엘리베이터 문은 일반적인 자물쇠로 잠가진 것이 아니라 열쇠 마법이 통하지 않았다.

그 사실을 안 포로들은 온갖 공격 마법으로 문 자체를 박살내려고 했다.

비록 강철로 튼튼하게 만들어진 엘리베이터 문이었지만 화염의 화살이나 전격 공격을 오래 버티지는 못했다.

오래잖아 엘리베이터 문이 찢어지며 사람이 드나들 구멍이 생겨났다.

"잘했다! 어서 안으로……."

명령을 내리려던 카리스는 엘리베이터 안을 살펴본 포로가 고개를 내젓는 것을 보고는 말을 멈췄다.

"왜 그러나?"

"이쪽으로는 올라가기 어려울 것 같습니다."

"뭐?"

카리스는 직접 엘리베이터 안을 살펴보았다. 엘리베이터가 이 감금 공간이 아닌, 위층에서 정지된 탓에 위에 매달린 상태였다.

밑에서 올려다보면 엘리베이터를 연결하는 끈과 엘리베이터 바닥만 보일 뿐.

"이쪽으로 올라갈 수는 없겠군."

엘리베이터 문에서 올려다본 카리스가 씹어 내뱉듯 말했다.

그렇게 포로들이 시간을 허비하는 사이 마침내 비밀 출입문이 열리며 진압을 위한 무장 병력이 모습을 드러냈다.

방탄복과 방탄 헬멧을 착용하고 MP5 기관단총이나 VZ—61 스콜피온 기관권총 등으로 무장한 국정원 요원들이었다.

요원들은 포로들을 보더니 말도 붙이지 않고 바로 총질부터 하기 시작했다.

이미 간수 여럿을 살해한 포로들에게 자비심을 베풀 필요는 없었던 것이다.

기관단총이든 기관권총이든 시가전에서 방어구를 갖춘 적들을 상대하다 보면 탄의 위력이 약하다는 평가를 종종 받고는 한다.

하지만 이런 좁은 공간의 실내에서 방탄복 따윈 입지 않은 포로들을 상대하기에는 이것들만으로도 충분하고도 남는 위력이요, 화력이었다.

콩 볶는 소리와 함께 쏟아지는 탄환세례에서 순식간에 여럿의 포로가 피를 흘리며 나뒹구는 신세가 되어버렸다.

"저것들이……."

카리스도 저들이 인정사정없이 나온다는 사실을 바로 알아챘다.

이런 상황에서는 누구도, 설사 포로 중 가장 지위가 높은 자신이라도 목숨을 보장 받을 수 없다. 그렇다면 싸워서 벗어나는 방법뿐이다.

일단 카리스는 자신과 요원들 사이에 마법 방패를 쳤다. 뛰어난 마법사인 카리스가 친 강력한 마법 방패는 관통력이 약한 9㎜ 권총세례 정도는 한순간이나마 막을 수 있었다.

그 틈을 놓치지 않고 포로들이 제각각 마법을 쏟아 부었다.

권총세례에 약해졌던 마법 방패는 포로들의 마법에 깨져 나가며 그대로 요원들을 향해 쏟아졌다.

"으아악!"

요원들 사이에서 비명이 터져 나왔다. 사망자가 나왔는지는 알 수 없지만 피해를 입은 것만은 분명했다. 그러자 무장 병력 사이에서 유독 눈에 띄는 한 사람이 중얼거렸다.

"저것들이!"

남들이 그렇듯 방탄복이나 헬멧 따위를 걸치지 않고 치마 정장 차림에 글록 18 권총을 든 아름다운 여자 요원 은아였다.

이런 전투가 벌어지는 상황에서 치마 정장 차림으로 왔다면 정신 상태를 의심받을 일이지만 은아는 남들과 좀 달랐다.

무거운 방탄복과 헬멧 따위보다는 이 차림이 훨씬 편해서 이렇게 입고 다녔고, 이런 차림으로도 남들보다 훨씬 뛰어난 전투력을 보여주는 것이 은아였다.

한편 카리스는 마법 방패를 이용한 전술이 재미를 보자 다시 한 번 시도했다.

또다시 마법 방패가 쳐지고 역시나 잠깐의 총탄세례를 막아냈다.

그 광경을 본 은아는 조금 전과 같은 일이 다시 벌어질 것이라는 것을 직감했다.

저 방패가 깨지면서 포로들이 사용하는 마법인지 뭔지 하는 괴상한 힘이 우리를 덮칠 것이다. 그렇다면…….

은아의 생각대로 마법 방패 뒤에서 포로들이 나타났다. 한번 당해본 요원들은 제각각 엄폐물 등에 몸을 숨겼다. 하지만 은아는 기다렸다. 마법 방패가 깨지는 순간을.

와장창!

포로들이 사용한 마법에 다시 한 번 마법 방패가 깨졌다. 이제 마법이 이쪽으로 날아올 차례다.

그사이의 순간적인 틈, 마법 방패가 깨진 직후 마법이 날아오기까지의 순간적인 틈을 은아는 놓치지 않았다.

본래 쥐고 있던 권총에 허리에 차고 있던 또 한 자루의 권총. 두 자루의 글록18을 쥐고는 포로들을 향해 방아쇠를 당긴 뒤 재빨리 몸을 숨겼다.

농구공만 한 불덩어리가 그런 은아를 스치고 지나가 벽에 꽂혔다.

은아가 포로들에게 총구를 향하고 방아쇠를 당긴 시간은 채 1초도 되지 않았다.

그렇지만 분당 1천 발 이상의 연사 속도를 자랑하는 글록 18, 그것도 두 자루의 총구는 0.5초 남짓한 시간 동안 여러 발의 총탄을 포로들에게 날려주었다.

심지어 은아는 그 짧은 시간 동안 마구잡이 난사가 아니라 제법 조준이라는 것을 해내기까지 했다.

그 결과는 포로 세 명이 총탄을 맞고 쓰러지는 것으로 나타났다.

"저 계집이?"

분노한 카리스가 얼굴을 일그러뜨렸다. 하지만 이쪽에서도 희생자가 나온 만큼 기세가 꺾인 터라 섣불리 공격을 할 수 없었다.

은아를 비롯한 요원들도 상대의 상황을 알아챘다. 은아는 포로들이 숨은 쪽을 향해 남은 탄환을 모두 갈긴 뒤 재장전을 하고는 양손에 권총을 든 채로 전진하기 시작했다.

코너나 엄폐물 등에 몸을 숨기고 있는 포로들 입장으로서는 상당히 난감한 상황이었다.

마법을 쓸 틈을 노리거나 상황을 살펴보기 위해 고개를 조금만 내밀어도 총탄이 날아오니 숨은 채 은아를 비롯한 요원들의 접근에 손 놓고 있을 수밖에 없었다.

마침내 요원들과 포로들은 엄폐물도, 코너도 없이 지근거리에서 대면하게 되었다.

곧 마법 장벽 같은 것도 없이 순수한 사격과 마법의 대결이 벌어지기 시작했다.

승부는 오래잖아 한쪽으로 기울어져 갔다. 바로 총으로 무장한 요원들 쪽이었다.

물론 포로들의 마법은 아무리 대부분의 요원들이 방탄복을 입고 헬멧을 썼다고는 해도 무시 못할 위력이었다.

불덩어리나 얼음창 등에 정통으로 맞으면 방탄복이 완전히 뚫리거나 하지는 않더라도 상당한 충격이나 화상을 입고 쓰러질 수밖에 없었다.

하지만 방아쇠만 당기면 초당 열 발 이상의 총탄을 뿜어내는 기관단총이나 기관권총에 비해 마법은 초당 열 번 시전은 고사하고 한 번 시전하는 데도 최소한 몇 초의 시간이 소요되었다.

따라서 화력이라는 측면에서 마법은 총에 훨씬 뒤질 수밖에 없었다.

"어딜!"

자신을 향해 손을 뻗은 포로를 본 은아는 바로 그 손을 향해 권총을 겨누고 방아쇠를 당겼다.

총탄이 정확하게 손바닥을 관통하자 포로는 비명을 내지르며 몸을 비틀었다.

그런 포로가 마지막으로 본 것은 자신을 향해 날아오는 은아의 무릎이었다.

정확한 플라잉 니킥을 면상에 얻어맞은 포로는 대자로 뻗어버렸다.

은아는 쓰러진 포로를 사살하는 대신 손짓으로 요원들을 불러 끌고 가게 했다.

'되도록 생포했으면 하는데.'

이곳에 오기 전 국정원의 높으신 분이 은아에게 한 말이다.

물론 포로들이 난동을 부리는 것으로도 모자라 간수들을 살해하기까지 했으니 이쪽에서도 강하게 나가는 것은 불가피하다.

막말로 보이는 족족 총으로 쏴 죽여도 할 말이 없는 것이다.

하지만 아직 이 포로들이 가진 정보들을 다 빼낸 것이 아니다.

만일 이 자리에서 모든 포로를 사살하게 되면 정보를 더 빼낼 수 없을 것이고, 그것은 국가적으로 큰 손실이 될 수 있었다.

때문에 상층부에서는 되도록 포로들을 죽이지 말고 생포

하는 쪽을 권했다.

'직접 목숨 걸고 싸우지 않는 분들은 현장의 어려움을 잘 모른다니까.'

이렇게 속으로 투덜거리면서도 은아는 명령을 받은 대로 최대한 포로들을 죽이지 않고 생포하는 데 힘을 기울였다.

총으로 쏴도 팔다리나 불가피한 상황이라도 몸뚱이에 한 발만 쏘고 절대로 머리를 겨누지는 않는 식으로 포로들을 살리기 위해 최대한 노력을 기울였다.

다만 이런 것도 은아 정도의 레벨이 되는 실력자이기에 부릴 수 있는 여유였다.

싸움 하나는 국정원에서도 톱클래스의 실력자로 꼽히는 은아와는 달리 다른 요원들은 자신의 목숨을 지키기 위해서라도 팔다리든 머리든 포로들이 보이는 족족 쏠 수밖에 없었다.

때문에 은아가 상대하는 포로들은 목숨을 건진 채 쓰러지고, 다른 자들이 상대하는 포로들은 쓰러짐과 동시에 목숨까지 잃는 일이 반복되었다.

"빌어먹을. 이대로는……."

전투 상황을 지켜보던 카리스가 이를 악물었다. 이대로는 전멸할 수밖에 없을 것이다. 결국 카리스는 최후의 선택을 내렸다.

[투명 마법을 걸고 빠져나간다!]

그렇게 명령을 내린 카리스는 자신이 먼저 투명 마법을 시전했다.

이어 투명 마법을 쓸 줄 아는 포로 몇 명도 함께 투명 마법을 시전했다.

그중 한 명은 바로 은아의 눈앞에서 순식간에 투명해졌다. 말 그대로 유령처럼 포로 한 명이 사라지는 광경에 은아는 경악했다.

"아니?"

주위를 둘러봐도 방금 전 사라진 포로의 모습이 보이지 않았다.

"뭐야!"

"여기도 한 놈 사라졌어!"

은아뿐만 아니라 다른 요원들도 한마디씩 했다. 그렇게 사라진 여러 명의 포로는 제각각 흩어져 조금 전 요원들이 들어올 때 열린 비밀 통로로 달려갔다.

"이것들이 대체……."

주변을 살피던 은아의 귀에 발소리가 들려왔다. 소리가 들린 쪽으로 시선을 돌리니 아무것도 보이지 않는 가운데 발소리가 계속 들려오고 있다.

그 발소리가 향하는 곳은 아무래도 자신들이 조금 전 열었던 비밀 통로인 것 같았다.

'이것들, 분명 마법인지 뭔지 쓸 줄 알지. 그럼 마술처럼 투명 인간이 되는 것도……?'

은아는 반항하는 상대를 생포해야 할 때를 대비해 허리에 차고 온 특별 장비를 꺼내 들었다.

전선에 연결된 전극을 원거리에서 발사해 상대를 전기 충격으로 무력화시키는 무기, 테이저였다.

확실하지 않은 상황에서 눈으로 보지도 못한 채 감으로만 행동하는 것이다.

지금까지보다 더욱 감각을 집중시킨 은아는 자신이 느낀 쪽을 향해 움직이며 테이저를 겨누었다.

마침내 방아쇠가 당겨지고, 10m의 사거리를 가진 테이저의 전극이 발사되었다.

전선에 연결되어 날아가던 전극의 앞에는 아무것도 없는 것 같았다.

하지만 전극은 벽에 꽂히거나 사거리가 다되어 떨어지는 대신 벽 앞의 보이지 않는 누군가에게 꽂혔다.

"으악!"

단말마와 함께 무언가가 쓰러지는 소리가 났다. 이어 아무것도 보이지 않던 자리에 희미한 형상이 떠오르기 시작하다 전기 충격에 쓰러져 부들거리는 한 사람의 형상이 나타났다.

"저놈들, 투명 인간이 된 거야?"

"저리로 도망친다! 갈겨!"

상황을 알게 된 다른 요원들도 비밀 통로 방향을 향해 무차별 사격을 시작했다.

은아 역시 권총을 꺼내 사격을 가했다. 보이지 않는 상대를 향한 난사는 제대로 된 명중률을 기대하기 어렵지만 맞춘다면 어디에 맞을지 장담할 수 없다.

즉, 눈 없는 총알에 머리를 맞아 즉사를 해도 방법이 없는 것이다.

하지만 이대로 저들을 놓치는 것보다는 사살하는 것이 나았다.

"으아악!"

보이지 않는 누군가가 비명을 내지르고, 허공에서 피가 흘러내리다 마침내는 피를 흘리는 장본인이 모습을 드러냈다.

이런 일이 몇 차례 반복되는 가운데 반쯤 닫혀 있던 비밀 통로의 문이 완전히 열렸다.

"젠장, 도망치잖아!"

이곳은 시골구석에 위치한 국정원 비밀 기지의 지하. 지상에도 그럭저럭 경비가 갖춰져 있기는 하지만 투명한 놈들을 상대로 어디까지 할 수 있을지는 미지수였다.

은아는 황급히 본부에 상황을 알린 뒤 본인의 의견을 말했다.

"당장 문을 봉쇄해야 하지 않을까요?"

"이미 봉쇄했어!"

"그래요. 그러면 투명 인간들이랑 숨바꼭질이라도 한판 해야겠구만."

다행히 기지 내에는 나이트 비전이 몇 개 구비되어 있었다.

아무리 보이지 않는 투명 인간이 되었다고 해도 체온까지 내리지는 못할 터.

그렇다면 적외선으로 감지하는 나이트 비전을 쓰면 추적이 가능할 것이다.

몇 분 뒤, 지상으로 올라간 은아를 비롯한 몇 명의 요원은 나이트 비전을 쓴 채 수색을 시작했다.

하지만 수색을 시작한 직후 경보음이 기지 내부에 울려 퍼졌다. 어찌 된 일인지는 금방 밝혀졌다.

"4층 창문이 깨졌다!"

"4층?"

놀란 은아가 창밖을 살피자 초록색의 인간 형상 세 개가 낙하산을 탄 듯 천천히 내려가는 모습이 보였다.

밖은 어느덧 한밤중이라 나이트 비전이라도 쓰지 않은 이상 투명 인간이 된 포로들을 추격하는 것은 불가능할 것이다.

"젠장!"

은아는 바깥을 향해 권총을 쏘기 시작했다. 하지만 이미 건물 바깥으로 나간 포로들과는 거리가 제법 먼 터라 소총도 아니고 권총으로 맞추는 것은 어려웠다.

그렇게 포로 세 명은 기지를 빠져나가 도주하기 시작했다.

"이런……."

권총의 사거리에서 완전히 벗어나자 은아도 고개를 내저을 수밖에 없었다.

국정원에서도 포기하지 않고 야시경을 쓴 요원들이 밖으로 나가 추적에 나섰지만 도망친 세 명의 포로는 끝내 찾아내지 못했다.

이렇게 세 명의 포로가 국정원 비밀 기지에서 빠져나가 어디론가 도주했다.

국정원 요원들의 추적에서 벗어난 후 카리스가 자신을 따르는 포로들을 돌아보며 말했다.

"우리 셋만 간신히 살아남았군."

백 명 가까운 인원 중 살아서 나온 것이 고작 세 명. 설마 전원이 아무도 다치지 않고 무사히 탈출할 수 있으리라고는 생각하지 않았다.

하지만 자신을 포함해 세 명만 탈출에 성공했다는 것은 예상보다도 더 비참한 결말이었다.

카리스 외에 살아남은 두 포로의 이름은 각각 제리코, 미하일이다.

"정말 끔찍한 놈들입니다. 어떻게 마법도 없이 그런 무기를 만들 수가 있는지."

제리코가 진저리를 쳤다.

"그나저나 탈출하지 못한 동료들은 어떻게 되는 걸까요?"

미하일은 다른 동료들 걱정이 앞섰다. 카리스가 개운치 않는 표정으로 대답했다.

"좋은 꼴을 보기는 힘들겠지."

"……"

사실 탈출할 때부터 어느 정도 각오했던 일이다. 애초에 빠져나오지 못하는 자는 버려질 수밖에 없는 계획이었으니까.

그렇지만 최대한 많은 숫자가 탈출하기를 바랐는데 이 차원의 야만인들의 어마어마한 화력은 그들이 감당할 수 있는 게 아니었다.

모두의 리더라 할 수 있는 카리스가 투명 마법으로 탈출한다는 것 자체가 고급 마법인 투명 마법을 쓰지 못하는 자는 모두 버리고 가겠다는 의지의 표현에 다름 아니었다.

"어떻게 추적을 따돌리기는 했습니다만……. 이제 어떻게 해야 합니까?"

제리코가 걱정스럽게 물었다. 다행히도 카리스는 그 부분은 생각해 둔 게 있었다.

"제국으로 돌아가야지."

"어떻게 말입니까? 차원의 문 장치는 모두 파괴되었습니다. 우리 힘만으로는 고칠 수 없을뿐더러 설사 가능하다고 해도 적들이 가졌을 게 분명한 차원의 문을 어떻게 회수한다는 말입니까?"

"물론 그것은 불가능하다."

"그러면?"

"우리의 힘으로 차원의 문을 열어야지."

제리코와 미하일은 서로의 얼굴을 쳐다보며 고개를 내저었다. 그들이 생각하기에는 절대로 불가능한 일이었던 것이다.

하지만 카리스의 생각은 달랐다.

"물론 우리의 마력으로 차원의 문을 열 수는 없다. 애초에 장치가 아니라 마법사의 힘만으로 차원의 문을 여는 것은 제국 최고의 대마법사에게도 힘든 일이지. 하지만 다른 방법이 한 가지 있다."

"그게 무엇입니까?"

"거대한 마나를 한꺼번에 폭주시켜 그 힘을 이용해 순간적으로 차원의 벽을 넘는 것이다."

듣기에는 쉬워 보이지만 말처럼 쉬운 일이 아니라는 것은 제리코도 미하일도 알고 있었다.

"그게 가능하겠습니까?"

"차원의 벽을 우리의 힘만으로 넘는다니, 아무래도 그것은……."

카리스가 고개를 내저었다.

"물론 우리의 힘만으로는 불가능하지."

"그러면 어떻게 하실 생각입니까?"

"엄청난 마나를 가진 존재를 이용하는 것이다. 그의 마나를 한꺼번에 폭주시킬 수만 있다면 순간적으로 엄청난 마나의 흐름이 발생할 것이다. 차원의 벽을 넘는 마법을 시전할 수 있을 정도로 말이다. 그 순간적인 마나의 흐름을 이용하여 차원의 벽을 넘어서 제국으로 돌아갈 생각이다."

엄청난 마나를 가진 존재.

제리코도 미하일도 카리스가 말하는 것의 의미를 알아들었다.

"실험체를 말씀하시는 겁니까?"

"그렇다."

레넌 제국 블랙드래곤 군단이 이 차원을 공격했을 때 인간 남녀 두 명을 잡아서 실험체로 쓴 바 있다.

그중 여자 쪽은 끝내 실험의 여파를 견디지 못하고 사망했지만 남자 쪽은 실험을 끝까지 견뎌내서 엄청난 마나를 몸 안에 가진 존재가 되어버린 것이다.

실험 도중 이 차원의 군대에게 공격을 받아 정신없는 와중에도 카리스가 실험체에서 시선을 떼지 않은 덕분에 알게 된 사실이다.

"이 차원의 놈들은 그 실험체에 대해 모르는 겁니까?"

"아예 모르지는 않는 것 같다. 그 실험체에게 무슨 짓을 한 것이냐고 날 심문했으니까. 하지만 나는 아무것도 모른다고 했다."

미하일의 질문에 대답하던 카리스는 심문 과정을 떠올리며 주먹을 부르르 떨었다.

카리스 역시 다른 포로들처럼 고문이 곁들여진 심문을 받았다.

하지만 카리스는 포로들의 리더답게 아무것도 자백하지 않았고, 오히려 자신을 향한 심문을 통해 정보를 얻어낼 수 있었다.

심문을 하는 자들이 실험체로 잡아온 자들에게 무슨 짓을 했냐고 물어오는 과정에서 실험체가 살아 있다는 정보를 얻어낸 것이다.

"그 실험체가 살아 있는 것은 틀림없다. 그러니 실험체를 찾아낼 수만 있다면 우리는 제국으로 돌아갈 수 있을 것이다."

"위험하지는 않을까요? 차원의 벽을 넘는 것은 굉장한 고난이도의 마법으로 알고 있습니다. 아무리 실험체를 이용해 필요한 마나가 확보된다고 해도 우리의 힘만으로 그런 마법을 시전하는 것은……."

"당연히 위험하지. 솔직히 말하자면 확률은 반반으로 본다. 살아서 제국으로 돌아가거나 실패하거나. 아니, 죽을 수도 있다. 하지만 차원의 벽을 넘는 게 위험하다고 제국으로 돌아가지 않고 이 차원에 남아 있을 건가?"

물론 그럴 수는 없었다.

차라리 마법이 실패해서 죽는 것이 낫지 이대로 이 차원에 머물러 있다가 다시 붙잡히기라도 한다면 이번에야말로 제대로 험한 꼴을 당할 것은 분명하다.

결국 제리코와 미하일은 카리스의 의견에 찬성했다.

"단장님 뜻대로 하겠습니다."

"그래, 우선 실험체의 행방을 찾도록 하지."

그렇게 세 명의 탈출한 포로는 행동을 개시했다.

9장
다른 차원에서 온 수배자

유석은 마룻바닥에 널브러진 온갖 조각들을 무심히 내려다보았다.

벽돌이었던 것의 조각, 콘크리트 덩어리였던 것의 조각, 쇠막대기였던 것의 조각 등등.

모두 유석의 힘에 의해 박살 난 것들이다.

이렇게나 온갖 것들이 요란스럽게 깨졌는데 아래층에서 시끄럽다고 항의가 오지 않은 게 신기할 정도이다.

자신이 부순 것들을 내려다보던 유석은 천천히 시선을 돌렸다. 이번에 유석의 시선이 향한 끝에는 계란 한 판과 커다란 그릇이 놓여 있었다.

유석은 계란을 집어 들고는 한 손으로 깨보려고 했다.

무작정 박살 내는 것이 아니라 계란 프라이를 할 때처럼 내용물이 온전하게, 최대한 곱게 깨보려는 것이다.

하지만 손에 약간 힘을 주자 계란은 퍽 소리와 함께 산산조각 나며 내용물과 껍질이 한 덩이가 되어 그릇으로 떨어졌다.

첫 번째 시도가 실패로 돌아갔지만 유석은 포기하지 않고 다른 계란도 하나하나 곱게 깨보려고 했다.

다섯 개쯤을 깬 뒤에야 드디어 계란을 한 손으로 온전하게 깨끼 미션을 성공할 수 있었다.

오른손으로 그렇게 하는 것을 성공한 유석은 이번에는 왼손을 가지고 똑같이 해보았다.

역시 다섯 개를 실패한 뒤에야 드디어 계란을 한 손으로 온전하게 깨기 미션에 성공했다.

만일 이 광경을 누군가 봤다면 애들 장난으로 여겼을지도 모른다.

그렇지만 유석으로서는 정말 신경을 집중시키면서 최선을 다한 일이다.

그렇게 각각 계란 한 손으로 온전하게 깨기 미션을 성공한 유석은 이마에 맺힌 땀을 닦으며 한숨을 내쉬었다.

"힘을 마구 쓰는 것보다는 적당히 조절하는 게 더 어려워."

그랬다. 힘 조절.

지금 유석은 그것을 익히기 위해 계란을 깬 것이다.

유석은 일단 남들에게 자신이 가진 괴력을 숨기기로 결정했다.

따라서 바깥에서 함부로 힘을 발휘하거나 하면 곤란했다.

또 의도적으로 힘을 숨기더라도 어쩌다 자기도 모르게 힘을 썼다가 그것이 남의 재산을 파손시키거나 심지어 상해, 살인 사건으로 발전하지 않으리라는 법이 없다.

마구잡이로 휘두른 주먹으로 콘크리트를 박살 내는 유석의 괴력이라면 자기도 모르게 손을 휘둘러 물건을 부수거나 사람을 죽이는 것도 충분히 가능한 일이었으니 말이다.

때문에 유석은 이 힘을 스스로 제어할 수 있도록 수련하기로 결정하고는 바로 실천에 옮겼다.

하지만 지금 자신이 하는 수련이 정말 제대로 하고 있는 것인지는 조금 의문스러웠다.

무술 수련 같은 것을 해본 적 없고, 하다못해 헬스클럽에 제대로 다녀본 적도 없는 유석이 혼자의 힘으로 힘을 수련한다는 것은 쉬운 일이 아니었다.

힘을 단련하기 위해 단단한 물건을 부수고, 힘 조절을 익히기 위해 계란을 깨는 훈련을 했지만 이런 혼자만의 머릿속에서 나온 주먹구구식 수련이 얼마나 효과가 있을지는 의문이었다.

'누군가 도와주거나 최소한 조언이라도 해준다면……'

지금 유석에게 가장 아쉬운 것이다.

스승이라는 단어까지는 과장된 표현일지 몰라도 이런 것에 조언을 해줄 멘토가 있었으면 하는 생각이 들 때가 한두 번이 아니다.

그렇지만 지금으로써는 기대하기 힘었다.

"지금은 다른 방법이 없잖아. 혼자서 알아서 할 수밖에."

자신이 가진 힘을 숨기기로 한 이상 남의 도움을 빌리거나 할 수는 없었다.

모두 혼자서 알아서 해야 한다. 힘을 쓰는 방법을 익히는 것도, 어떻게 써야 하는가도.

"아무튼 이렇게나마 내가 가진 힘을 제대로 쓸 수 있게 된다면, 그렇게 된다면……"

이 힘을 어떻게 쓸 것인가. 유석의 머릿속에서는 그것에 대해 조금씩 뚜렷해지고 있었다.

*   *   *

포로들의 탈출 계획은 성공이라고도 실패라고도 하기 어려운 결말을 맞이했다.

포로 대부분이 탈출에 실패하고 수많은 사상자가 발생했지만 그럼에도 불구하고 탈출에 성공한 자가 몇 명 있었으니 말이다.

탈출을 위한 포로들의 난동 이후 뒤처리는 물론 국정원의 몫이었다.

그럭저럭 현장의 뒤처리가 끝난 후 은아는 포로들과 직접 전투를 벌인 요원들을 대표하여 국정원 차장의 부름을 받게 되었다.

"부르셨습니까, 차장님."

"그래, 왜 불렀는지는 알고 있겠지?"

"네, 포로들의 탈출 때문이지요."

이미 이런 부름이 있을 줄 알고 은아는 관련 서류를 마련해 왔다.

은아가 내민 서류를 훑어본 차장이 입을 열었다.

"어디 보자……. 포로 중 죽은 놈이 스물셋, 부상자는 마흔하나, 그리고 탈출한 놈 셋. 부상이 심한 놈은 감옥 병동에 보내고 나머지는 다시 독방에 처넣었다. 물론 감옥 병동이든 독방이든 예전보다 배의 감시를 붙였다. 이게 맞아?"

"네, 차장님."

계속 서류를 훑어보던 국정원 차장이 혀를 찼다.

"우리 쪽 사망자가 여섯, 부상자는 열하나라……. 놈들이 그 난동을 부린 것치고는 피해가 적니 어쩌니 하는 놈들도 있는 모양이지만 그래도 우리 쪽 사상자도 적은 건 아니야. 게다가 탈출한 놈이 발생한 건 큰 문제야."

"죄송합니다. 저희의 불찰입니다."

"뭐, 그놈들이 갑자기 투명 인간이 되어 창문으로 도망치리라고 생각이나 할 수 있었겠어?"

은아는 차장이 관대하게 이 일을 넘어갈 것이라 생각했다. 하지만 한국말은 끝까지 들어봐야 한다.

"하지만 놓친 것은 놓친 거야. 그것도 한 놈도 아니고 세 놈씩이나. 그것도 국정원에서 전력을 다해 감시한다고 했는데도 그렇게 세 놈이나 놓쳤다고. 놈들이 뭔가 우리 상식을 벗어나는 이상한 놈들이라는 사실을 알고 있는 만큼 설사 무슨 일이 벌어져도 수습할 수 있을 만큼 대비를 했어야지. 그렇지 않나?"

"죄송합니다, 차장님."

입으로는 죄송하다고 하면서도 은아는 속으로 투덜거렸다.

'누가 투명 인간이 되어서 튈 줄 알았나. 그런 걸 당해보지 않고 어찌 예상해 대비하라고.'

속으로 투덜거리는 것은 투덜거리는 것이고, 아무튼 현장 요원으로서 책임을 완전히 면할 수 없다는 것은 은아도 잘 알고 있었다. 때문에 입으로는 이렇게 말할 뿐이었다.

"최대한 빨리 잡아들이겠습니다."

"그래, 이왕 자네가 이 일에 개입했으니 마무리도 자네가 지어봐. 자넨 명색이 국정원 최고의 전투요원 아냐. 동료들 데리고 마무리를 잘 지어봐."

"네, 차장님."

차장의 당부를 받고 돌아온 은아는 동료들과 함께 포로들에 대한 자료를 모으기 시작했다.

다행히도 포로들을 감금시킬 때부터 얼굴 사진을 찍고 지문까지 채취해 정리해 둔 자료가 있었다.

거기에다 기관포나 수류탄 같은 무기가 아닌 권총이나 기관단총 같은 경화기로 전투를 벌인 덕분에 사망한 포로들 모두 얼굴은 알아볼 정도였다.

포로 전체의 리스트에 사망한 포로들과 탈출하지 못한 포로들의 얼굴을 빼고 나면 남는 것은 탈출한 세 명의 포로뿐.

이런 과정을 거쳐 탈출한 세 명에 대한 얼굴 및 인적 사항 파악까지 빠르게 끝낼 수 있었다.

이 모든 일을 마친 은아는 자신과 같이 이 임무를 맡은 요원들을 모아놓고 브리핑을 시작했다.

"탈출한 것은 이 세 명입니다. 여기서부터 카리스, 제리코, 그리고 미하일."

스크린에 뜬 세 명의 얼굴 사진을 살펴보던 한 요원이 질문했다.

"저 녀석들, 어떻게 잡죠? 공개수사를 할 겁니까?"

"그건 모두의 의견을 묻고 싶어요. 우리의 힘만으로 비밀수사를 할지, 세상에 모두 알려서 군경 협조 하에 공개수사를 할지."

비밀수사와 공개수사. 각각 일장일단이 있었다. 비밀수사는 서울 시내를 쑥대밭으로 만들어놓은 극악무도한 침략군 일당이 탈출했다는 치부를 세상에 알리지 않을 수 있다는 장점과 국정원의 힘만으로 수사를 하면 수사 자체가 어렵다는 단점이 있다.

반대로 공개수사는 극악무도한 침략군 일당이 탈출했다는 치부를 세상에 알려야 한다는 단점이 있는 데 반해 군경에 국민들의 힘까지 빌릴 수 있어 수사가 보다 손쉬울 것이라는 장점이 있다.

"아무리 빨리 잡아야 한다지만 저런 놈들이 탈출했다는 것을 만천하에 떠들 수는 없잖아요?"

"하지만 1초라도 빨리 잡아야 하는 상황입니다. 투명 인간까지 되는 놈들인데 우리 힘만으로 그게 쉽겠어요? 시간 끌면 더 골치 아파질 수 있어요."

상당히 민감한 문제이다 보니 잠시 요원들 간에 격론이 오고 갔다. 한참 뒤에야 의견이 한쪽으로 좁혀져 갔다.

마법이라는 괴상한 힘을 쓰는 위험한 일이니 국정원에서 약간의 치부를 드러내는 것을 감수하더라도 하루빨리 잡아야 한다는 쪽이다.

숨겼다가 다른 쪽으로 일이 크게 터지기라도 하면 그때야말로 진정 돌이킬 수 없게 될지도 모르니 말이다.

공개수사를 주장한 쪽의 의견을 수렴한 은아가 말했다.

"그럼 공개수사로 가죠. 수배지 뿌리고 검경의 도움도 적극적으로 받는 것으로."

"설마 사실대로 다 밝히자는 말입니까?"

"당연히 그건 말도 안 되죠. 뭐, 적당히 지어내자고요. 어디에서 크게 사고를 치고 도망친 외국인 범죄자, 이런 식으로 말이에요. 뭐 군경 윗선에는 어느 정도 귀띔을 하더라도 언론 같은 데까지 사실대로 밝힐 필요는 없으니까요."

공개수사를 하되 대중들에게는 진실을 다 밝히지 않는다는 결론이다.

다소 비겁한 일이 될 수도 있겠지만 진실이 그대로 밝혀지면 국정원의 치부도 치부지만 사회에 엄청난 혼란이 일어날 것도 생각해 볼 문제였다.

무엇보다 상대는 북한 간첩, 알카에다 따위가 아닌 지구 밖에서 온 자들.

어느 정도의 정보 통제는 불가피한 것이다. 이 정도도 모르는 국정원 요원은 없었다.

"제 생각도 그게 좋을 것 같습니다."

"어찌 되었든 빨리 잡긴 잡아야 할 놈들이니 그렇게 하도록 하지요."

모두의 의견이 정해지자 은아는 다시 브리핑을 재개했다.

"그러면 이 세 명의 인적 사항입니다. 먼저 카리스, 이번 탈주 사건의 주범으로서……."

결론을 내리고 계속 브리핑을 하는 은아도, 다른 요원들의 생각도 한결같았다.

저 극히 위험한 놈들은 무슨 수를 써서라도 하루빨리 잡아들이거나 현장에서 사살해야 한다는 것.

바로 다음 날,

국정원에서 만들어진 세 명의 레넌 제국 포로들의 포스터가 대한민국 방방곡곡에 뿌려졌다.

*　　　*　　　*

자기 얼굴이 그려진 지명 수배 전단을 직접 두 눈으로 보는 것은 상당히 기분이 묘해지는 일이었다.

바로 지금 카리스가 그랬다.

신고 보상금 5백만 원.

탈주범 지명수배.

- 카리스(나이 불명).

- 179㎝, 보통 체격, 녹색 상하의 착용.

사건 개요 : 노르웨이 출신의 불법 체류자로서 2028년 9월 17일 출입국 관리사무소에서 조사를 받다 직원과 경찰을 살해하고 탈출함. 무장을 하고 있을 가능성이 높은 극히 위험한 인물로서 발견 즉시 신고 요망.

카리스는 통역 마법을 쓸 줄 알았고, 수준 높은 통역 마법은 언어뿐만이 아니라 문자도 해독해 주는 덕분에 위와 같은 수배 전단의 내용을 알아볼 수 있었다.

수배 전단에는 카리스뿐만이 아니라 미하일, 제리코의 것도 있었다.

지나가는 사람들 중에도 수배 포스터에 관심을 가지고 지켜보는 자들이 적지 않았다.

"거참, 어디 후진국도 아니고 노르웨이 녀석이 한국까지 와서 불법 체류를 하고 그러나?"

"참 살다 살다 별일을 다 보겠네. 안 그래도 나라 경제도 어려워 죽겠구만. 서양 놈들까지 여기에 불법 체류를 하고 저 지랄이냐?"

지금도 카리스에게 호의적인 분위기는 아니었지만 만일 수배 포스터에 사실대로, 즉 서울에서 일어난 전대미문의 테러 행위를 저지른 범인이라고 적혀 있었다면 분위기는 훨씬 격앙되었을 것이다.

하지만 그 사실은 국정원의 언론 통제로 감춰진 탓에 일반 시민들은 그저 카리스 일당은 외국인 범죄자로 알 뿐이었다.

그러나 정보는 통제되었다고 해도 수배 포스터에 그려진 것은 분명 카리스와 미하일, 제리코의 얼굴이다.

서울 테러 사건의 범인인 다른 차원의 종족이 아니라 단순한 외국인 범죄자 취급이라고는 해도 수배 포스터 근처에서 얼쩡거리고 있는 카리스와 미하일, 제리코에게 아무도 관심을 표하지 않았다.

카리스나 그를 따르는 두 명이 투명 마법을 쓰고 있어 남들의 눈에 보이지 않는 것도 아니었다.

즉, 누구든 이들의 얼굴을 알아보고 신고만 하면 한 번에 거금 500만 원을 벌 수 있는 기회였는데 아무도 세 사람에게 관심을 보이지 않았다.

이 이상한 상황의 해답은 제리코의 속삭임에 있었다.

"환영 마법으로 얼굴을 바꾸기를 잘했습니다. 아무도 우리를 알아보지 못하는군요."

환영 마법. 말 그대로 환영을 보여주는 마법이다.

이 환영 마법을 응용하면 본래 외모와 완전히 다르게 보이도록 하는 것이 가능했다.

거기에다 투명 마법보다 마나의 소비도 적어서 한나절 정도 마법을 계속 쓰고 다니는 것도 그렇게 무리한 일은 아니었다.

그 환영 마법으로 카리스, 제리코, 미하일은 자신들의 얼굴을 바꾸었다.

남들이 보기에는 세 사람 모두 검은 머리에 황색 피부의 지극히 평범한 한국인으로 보일 뿐이다.

그들을 보고 서울 테러 사건의 범인, 혹은 지명 수배된 외국인 범죄자들이라 생각하는 자는 아무도 없었다.

"역시 이 차원의 녀석들은 끔찍한 무기는 만들 줄 알아도 마법은 전혀 모르는군요. 이대로 환영 마법을 유지한 채 실험체를 찾으면 되겠습니다."

미하일이 카리스에게 속삭였다. 카리스는 고개를 끄덕였다.

"그렇다. 아마 이 차원에서 거대한 마나를 몸에 가진 인간은 그 실험체 한 명뿐일 터. 그 마나의 자취만 찾아낸다면 그것을 따라가 실험체도 찾을 수 있겠지."

그러나 비록 세 사람이 한국인의 외모를 가장하고 있다고 해도 진짜 한국인이 된 것은 아니었다.

남북통일이 된 이후 여러 가지 사회 문제로 휘청거리고 있지만 아무튼 국력만큼은 나름대로 선진국의 대열에 든 대한민국의 온갖 현대적인 문물은 뼛속까지 레넌 제국인인 세 사람에게는 낯선 것이 한둘이 아니었다.

"저기 말 없이 달리는 마차는 어떨 때는 달리고 어떨 때는 멈추는군. 아마 저기 길가에 매달린 등불이 녹색으로 켜지면 달리고 적색으로 바뀌면 멈추는 모양인데……."

"네, 사람도 마찬가지인 것 같습니다. 저기 사람 모양의 등불이 녹색이냐 적색이냐에 따라 사람이 움직이고 멈추는 게 결정되는 것 같습니다."

"정말 이상한 놈들이군요. 저런 등불을 신호로 마차에 사람들까지 움직이고 멈춘다니."

카리스 일행은 정말로 신중하게 움직였다.

지금처럼 길 하나 건널 때도 함부로 움직이지 않고 다른 사람이나 주위를 한참이나 관찰한 뒤 나름대로의 규칙을 발견한 뒤에야 움직였다.

결과적으로 이 차원의 문물에 익숙해질 때까지는 이렇게 신중하게 움직이는 것은 현명한 선택이었다.

덕분에 실험체를 만나기도 전에 교통사고로 다치거나 목

숨을 잃는 일은 피할 수 있었으니까.

"걸어 다니는 놈들, 저마다 손에 뭔가를 쥐고 있군."

"책도 아닌 것 같은데 길에서 뭘 저렇게 뚫어져라 쳐다보는 걸까요?"

"글쎄. 도통 알 수 없는 놈들이다."

카리스 일행의 눈에 신기하게 보이는 것은 신호등뿐만이 아니었다.

당연히 스마트폰이나 태블릿의 존재는 알 턱이 없는 이들 눈에는 스마트폰이나 태블릿처럼 한국인에게 당연한 모든 것이 신기하기 짝이 없었다.

하지만 레넌 제국이나 한국이나 공통적으로 적용되는 상식이라는 건 있었다.

"지나다니는 사람들을 너무 빤히 쳐다보지 마라. 저들에게 우리가 수상하게 비치면 곤란하다."

"죄송합니다."

지나다니는 사람을 빤히 쳐다보면 자칫 수상하게 보일 수도 있다.

그리고 주변 눈치를 살피며 남들이 하는 대로 따라 하면 그다지 눈에 띄지 않는 존재가 된다. 이 정도의 상식은 가지고 있었다.

평범한 한국인의 외모를 가진데다가 이렇게 조심스럽게,

또 상식적으로 행동하는 세 사람은 누가 봐도 몸가짐을 조심하는 평범한 한국인이었다.

이렇게 행동하면서 잠은 노숙으로, 식사는 훔쳐서 하기를 며칠째 되던 날, 마침내 카리스가 단서를 찾아냈다.

"이 기운은……? 마나의 기운이 틀림없다. 아무래도 찾은 모양이다."

"그렇습니까?"

"그래, 이 차원에서 이런 마나의 기운을 가진 존재라면 실험체뿐일 테니까. 틀림없다. 모두들 준비하도록. 이 마나의 기운을 추적하여 최대한 빠른 시간 내에 실험체의 행방을 찾아내고 놈의 마나를 이용해 차원의 벽을 열도록 한다."

"알겠습니다."

10장

재회, 그리고 참극

"죄송합니다. 그만두겠습니다."

유석이 내민 사표를 받아 든 회사 상사가 사표와 유석을 번갈아보다 물었다.

"그 일 때문이야?"

"네."

"쯧쯧, 젊은 사람이 어쩌다가 그런 일을 당해가지고……. 뭐 마음을 정했다니 딱히 내가 할 말은 없구만. 잘 지내고, 어떻게든 마음 추슬러서 꼭 우리 회사가 아니더라도 딴 일을 찾아보도록 해. 아직 젊은 사람이 벌써부터 인생 포기하고 그런 식으로 하면 안 돼."

"감사합니다. 그럼."

퇴원 후 일주일 만에 유석이 회사를 간 것은 출근을 위해서 가 아니라 사표를 제출하기 위함이었다.

지금 같은 마음으로는 몇 달이 지나도 도저히 제대로 일을 할 수 없을 것 같았다.

제대로 일을 하지도 못할 거면서 회사에 남아 있어 민폐를 끼치느니 아예 그만둬 버린 것이다.

하나와의 결혼까지 생각해서 저축해 둔 돈도 있고, 부모님 재산도 있는 터라 당분간은 직장이 없어도 생활하는 데 문제 는 없었다.

"후우……."

그렇게 퇴사를 하고 나온 유석은 쓸쓸한 마음으로 걷기 시 작했다.

지금 자기를 이렇게 만든 그 사건은 정체불명 세력의 '서 울 테러', 혹은 '서울 공격'이라고 불리고 있었다.

그 테러리스트들이 하늘을 나는 빔선을 타고 왔다는 점에 서 지구인은 아닌 것 같다는 말도 국가에서 정식으로 발표하 지 않았는데도 은연중에 다 퍼지고 있었다.

때문에 외국에서는 이 사건이 지구인과 다른 세계의 존재 가 처음으로 접촉한 사건이라며 '퍼스트 콘택트'라고 부르기도 할 정도였다.

지구가 아닌 다른 곳에서 온 놈들의 서울 테러 사건. 아직 한 달도 지나지 않았지만 그 사건 때 직접 피해를 입지 않은 사람들에게는 벌써 몇 년 전의 일처럼 다 지나간 일인 모양이다.

즐겁게 무리지어 걸어가는 가족들.

정답게 손을 잡은 채 걸어가는 연인들.

불과 얼마 전까지만 해도 유석도 저랬다.

하지만 이제는 모두 다 잃어버리고 혼자 남았다. 즐겁고 정다운 가족과 연인들의 모습을 보며 유석은 쓸쓸히 홀로 집으로 돌아왔다.

집 안은 엉망진창이었다.

힘을 발견한 이후 유석은 그 힘을 수련하는 것으로 하루하루를 보냈는데 수련 후 치우는 것에는 그다지 신경 쓰지 않은 탓이다.

힘을 수련하고 남은 시간은 떠나간 사람들을 추억하는 데 소비했다.

"어머니… 아버지……. 하나야……."

떠나간 세 사람이 남긴 사진이나 영상을 보면서 과거의 추억에 갇혀 보내는 시간. 현재를 외면한 채 과거만을 바라보는 시간.

가끔은 언제까지 이렇게 시간을 허비하면 안 된다는 생각
이 들기도 했다.

하지만 정작 앞으로 어떻게 살아야 하는가에 대한 결정을
내리지 못했으니 소용없는 일이었다.

이제부터 어떻게 살아야 하는가. 또 얻은 힘을 어떻게 써야
하는가.

수없이 자문해 봐도 아직 뚜렷한 대답은 떠오르지 않았
다.

띵동─

그렇게 하릴없이 시간을 보내던 유석은 문득 초인종 소리
를 들었다.

인터폰을 보니 정말 평범한, 교과서처럼 생긴 남자가 서 있
는 게 보였다.

"누구세요?"

─…….

"누구시냐고요?"

─…….

직장은 그만두었고 딱히 지금 집에 찾아올 친구나 친척도
기억에 없다.

그렇다면 택배인가? 하지만 택배라면 '택배 왔습니다' 하
고 바로 말했을 것이다.

그럼 무슨 종교 믿으라고 온 녀석들인가. 유석이 특정 종교에 관심을 가진 적은 없지만 종교 권유는 그런 것과 상관없이 찾아올 수 있는 법이니까.

유석은 그냥 무시하려고 했다. 하지만 다시 초인종이 울리며 방금 전과 똑같은 녀석의 얼굴이 인터폰에 보였다.

짜증이 난 유석은 직접 얼굴이라도 마주 보고 한마디 해줄 생각으로 현관문을 열었다.

그런데 문을 열자 인터폰으로 보인 남자 외에 두 명의 남자가 더 있었다.

남자 한 명이 문밖에 서 있는 것과 세 명이 서 있는 것은 아예 분위기부터가 다르다.

불길한 예감을 느낀 유석은 뭐라 말을 붙이는 대신 다시 문을 닫으려 했다. 하지만 한 남자가 손을 뻗어 현관문을 붙잡았다.

"당신들 뭐야!"

집주인이 문을 닫겠다는데 손까지 뻗어 방해하는 것은 좋은 뜻으로 보기 어렵다.

놀란 유석이 큰 소리로 외쳤지만 남자는 현관문을 붙잡은 손을 놓지 않았다.

더더욱 불길해진 유석은 현관문을 닫기 위해 당기고 있던 손에 힘을 주었다.

유석의 초인적인 괴력에 부서지지 않은 게 신기할 정도로 요란한 소리와 함께 현관문이 닫혔다.

"으아아악!"

재빨리 문을 건 유석의 귀에 문 바깥에서 울려 퍼지는 남자의 비명 소리가 들려왔다.

그저 문을 닫은 것뿐인데 무슨 비명이 이렇게나 처절하다는 말인가.

원인은 즉시 밝혀졌다. 문이 갑자기 움직이면서 현관문을 잡은 채 버티던 남자의 손이 빠지지 못하고 그대로 닫혀 버린 것이다.

닫힌 문은 피로 물들었고, 바닥에는 잘린 손목 하나가 나뒹굴고 있다.

자기가 사람 손목을 자른 셈이 되었다는 것을 깨달은 유석은 놀라 눈을 둥그렇게 뜬 채 제풀에 넘어지고 말았다.

"#*&·!"

밖에서 알아들을 수 없는 중얼거림이 들려오더니 분명히 닫아걸었던 문이 열리며 세 남자가 집 안으로 들어왔다.

그중 한 명은 잘린 손을 부여잡은 채 얼굴을 일그러뜨리고 있는데 보고 있기가 무서웠다.

"당신들 누구야! 썩 나가!"

유석의 말에 세 남자 중 우두머리 카리스가 대답했다.

"네게 받을 것이 있어서 왔다."

"무슨 개소리!"

카리스는 유석의 말을 자르듯 손을 펼쳤다. 펼친 손에서 번개가 치듯 푸른 전격이 뻗어 나와 유석의 몸을 감전시켰다.

"크으윽."

짧은 비명과 함께 유석은 바닥에 쓰러져 나뒹굴었다. 이어 손이 잘리는 부상을 입은 제리코 대신 미하일이 나서 미리 준비한 밧줄로 유석을 꽁꽁 묶었다.

카리스가 유석과 잘린 제리코의 팔을 번갈아 보며 중얼거렸다.

"이 정도의 힘이라니, 설마 육체가 변이된 것인가."

"대, 대체 너희는 뭐하는 놈들이야?"

"나를 몰라보겠나?"

그러고 보니 전에 이 비슷한 일을 당한 적이 있는 것도 같다.

하지만 이런 짓을 하는 남자들의 얼굴은 아무리 봐도 낯설었다.

"처음 보는……."

처음 보는 얼굴이라고 말하려던 유석이지만 그 처음 본 카리스의 얼굴이 천천히 변하기 시작했다.

환영 마법이 풀리면서 드러난 카리스의 진짜 얼굴은 바로 유석도 본 적이 있는 얼굴이었다.

하나와 함께 철제 우리에 갇혔을 때 자신들을 관찰하던 일당이 있었다.

그때 분명 자신들을 관찰하던 녀석들 중 한 명이 바로 지금 나타난 카리스였다.

"그럼 너희……."

"다시 만나서 반갑군, 실험체."

실험체라는 호칭을 듣는 순간 유석은 맹렬한 분노에 휩싸였다.

이놈들은 하나를 그렇게 끔찍하게 살해한 그놈들과 한패가 아닌가.

잊으려야 잊을 수가 없다. 자신과 하나에게 그런 짓을 하고, 직접 그런 짓을 하지 않았더라도 동조하던 놈들의 모습을.

지금 찾아온 게 바로 그놈들이다. 자신과 하나에게 그런 짓을 하고도 부족했는지 이제는 집까지 찾아왔다.

유석은 진심으로 분노했다.

"이 개새끼들아!"

욕설을 퍼부으며 달려드려 한 유석이었지만 감전된 여파가 남아 있어 몸이 생각대로 움직이지 않았다. 그런 유석을 노려보며 카리스가 싸늘하게 말했다.

"닥치지 않으면 지금 바로 내 부하 손목을 자른 책임을 묻겠다."

현관문에 손이 잘리는 재앙을 겪은 제리코는 간신히 정신을 수습한 참이다.

미하일이 제리코의 잘린 손을 가져와 본래 자리에 가져다 댄 뒤 무어라 중얼거리기 시작했다.

얼마 후, 손목의 상처 부위가 희미하게 빛나더니 손목이 붙어버렸다.

분명 잘려 나갔던 손목은 강력 접착제로 붙인 듯 본래 자리에 고정된 것으로도 모자라 스스로 움직이기까지 했다.

봉합 수술을 한 것도 아닌데 저렇게 잘린 손목이 원상태로 복구된다는 것은 유석의 상식으로서는 마술이나 마법 같은 일이었다.

"저럴 수가!"

경악하던 유석은 천천히 감전의 여파에서 벗어나 몸이 자유롭게 움직이는 것을 느꼈다.

그러자 힘을 주어 묶은 밧줄을 풀어내려 했지만 꿈쩍도 하지 않았다.

"소용없다. 마법으로 강화한 밧줄이다. 마나를 흡수하여 육체가 강건해졌다고 해도 힘으로는 끊을 수 없어."

카리스가 친절하게 가르쳐 준 대로였다. 유석의 초인적인 힘으로도 이 밧줄은 풀리거나 끊어지지 않았다.

하지만 유석이 포기하지 않고 용을 쓰자 다시 카리스가 손을 뻗었다. 조금 전과 같은 전격이 다시 유석에게 떨어졌다.

"으아악!"

비명과 함께 유석의 몸이 부르르 떨렸다. 그렇게 유석을 강제로 진정시킨 카리스가 부하들을 돌아보며 물었다.

"제리코, 괜찮나?"

"네, 손목이 원래대로 돌아왔습니다. 저 야만인 자식, 감히 내 손을……!"

새삼 화가 치솟은 듯 제리코는 쓰러진 유석에게 달려들어 구타하기 시작했다. 발길질이 얼굴, 몸, 팔다리를 가리지 않고 쏟아졌다.

맞는 유석의 입장에선 솔직히 아픔은 그렇게 심하지 않았다.

육체가 강건해지면서 고통에 대한 내성도 강해진 모양이다.

하지만 기분은 또 다른 문제였다. 하나를 죽이고 자신에게도 끔찍한 고통을 준 놈들이 다시 찾아와 자신을 구타하고 있다.

거기에다 이제부터 또 무슨 짓을 할지 모른다. 그 사실만으로도 유석은 분노하기에 충분했다.

"개새끼들! 너희는 모두 개새끼들이야!"

"닥쳐라, 야만인!"

손목이 잘린 분노를 실어 발길질을 하던 제리코는 카리스가 말리고서야 진정했다.

"그만해라. 이 실험체는 우리에게 중요한 존재다."

"…죄송합니다."

제리코를 진정시킨 카리스가 유석을 내려다보며 말했다.

"그럼 준비하도록."

의외라는 듯 미하일이 물었다.

"이곳에서 바로 준비하실 겁니까?"

"그렇다. 이미 실험체가 확보된 이상 시간을 허비할 필요가 없다. 실험체를 가지고 이동하려다 일이 잘못될 수도 있으니까."

"알겠습니다."

"내가 마법진을 그리겠다. 너희는 나를 돕는 동시에 실험체의 감시도 게을리 하지 말도록."

"네, 단장님. 제리코, 내가 단장님을 도울 테니 너는 실험체의 감시를 맡아. 중요한 녀석이니 함부로 손대지는 말고."

"알았다."

합의를 본 세 명은 제각각 일을 시작했다. 카리스는 집 바닥에 무언가 괴상한 문양을 그려 나갔다.

커다란 원 문양이 바탕이 된 가운데 원 안에 온갖 기하학적인 선이 그려져 매우 복잡한 모양의 도형을 이루었다.

미하일이 그런 카리스를 도왔고, 제리코가 유석의 감시를 맡았다.

제리코는 조금 전처럼 유석을 구타하거나 하지는 않았지만 유석의 코앞에서 연신 이죽거리며 신경을 긁었다.

"이제 네놈 목숨도 끝이다, 야만인."

"닥쳐."

"입을 다물라고? 싫은데? 네 녀석과 지금 무슨 이야기를 하는 게 좋을까? 맞아, 그러고 보니 너 말고 또 다른 실험체 한 마리가 더 있었지. 계집이었던가?"

"닥쳐!"

"그 계집은 분명 죽었지? 온몸의 구멍이라는 구멍에서 피를 쏟아내며 말이야. 너는 그 계집과 아는 사이였던가? 맞아, 분명 그랬을 거야."

"……."

"그 계집의 죽음이 끔찍했다고 생각하나? 너는 아마 그 계집보다 더 끔찍하게 죽게 될 거야. 몸 안의 마나를 폭주시키는 과정에서 온몸이 부풀어 오를 거고, 그러다가 펑! 마침내는 몸의 형체조차 남지 않고 죽겠지. 우리는 그런 네 덕분에 제국으로 돌아갈 수 있을 테고. 재미있는 일이야. 서로 아는 실험체 중 한쪽은 피를 쏟으며 죽고 다른 쪽은 뻥 하고 터져 죽을 것이라는 게."

"으아아아!"

유석은 묶인 채로나마 몸을 날렸다. 팔다리를 움직일 수 없다면 입으로나마 자신뿐만 아니라 죽은 하나까지 모독하는 저 개새끼를 씹어 먹고 싶었다.

하지만 힘을 쓰지 못하게 단단히 묶고 있는 밧줄은 유석이 몸을 날리는 것마저 허락하지 않았다.

그물에 걸린 물고기처럼 제자리에서 몸부림만 치는 유석을 바라보는 제리코의 얼굴에 가학적인 미소가 걸렸다.

"꼴좋군, 야만인 녀석."

그러는 사이 카리스가 그리던 기하학적인 문양, 곧 마법진이 완성되었다.

마법진은 주로 진 안에서 마나의 흐름을 조정하거나 증폭시키는 데 쓰이는 물건으로서 카리스가 그린 것은 마나의 증폭을 극대화시켜 말 그대로 폭주하도록 되어 있었다.

카리스는 자신이 그린 마법진을 내려다보며 이제부터 할 일을 설명했다.

"이 마법진으로 저 실험체의 몸에 내재된 마나를 폭주시킨 뒤 그 힘으로 차원의 벽을 넘겠다. 모두들 단단히 준비하도록."

"알겠습니다."

제리코도 미하일도 벅찬 심정을 감추지 못했다. 드디어 이 마법의 마 자도 모르는 주제에 온갖 막강한 무기들을 가진 지옥 같은 차원에서 탈출하는 것이다.

생각해 보면 정말 고난의 나날이었다.

이름 모를 장소에 감금되어 혹독한 심문을 받았고, 그곳에서 탈출하는 과정에서 대부분의 동료가 죽거나 낙오되었으며, 탈출한 뒤에도 이 차원에 적응하느라 많은 고생을 했다.

당장 실험체가 흘리고 다니는 극히 미미한 마나의 흔적을 쫓아 실험체가 사는 곳을 알아내는 데도 여러 날이 걸렸다.

심지어 이 차원의 인간들은 문을 두드리는 게 아니라 초인종이라는 것을 쓴다는 사실을 깨닫고 그것의 사용법을 보고 익히기까지 해야 했다.

그 고난과 고생 끝에 마침내 실험체를 붙잡는 데 성공한 것이다.

"단장님, 정말 이곳에서 차원의 벽을 넘을 생각이십니까?"

"준비는 몰라도 차원의 벽을 넘는 마법은 이 좁은 집 안에서 하는 것보다는 바깥에서 하는 게 낫지 않을까요? 마법을 시전하면 마나의 폭풍이 몰아칠 텐데 거기에 휘말려 집 안 물건 같은 게 날아오거나 하면……."

제리코와 미하일의 질문에 카리스는 고개를 내저었다.

"그러면 너무 눈에 띈다. 다른 녀석들에게 들켜서 방해 받으면 곤란하다."

"환영 마법으로 모습을 감출 수 있지 않습니까?"

"지금은 차원의 벽을 넘는 데 모든 힘을 기울여야 한다. 따로 몸을 숨기기 위해 환영 마법 같은 것을 쓸 여유는 없다. 지금 이 자리에서 바로 시작하도록 하겠다."

카리스의 결정에 제리코와 미하일도 납득하고 따르기로 했다.

좁은 집 안에서 거대한 마법을 쓴다면 마나의 흐름으로 실내에서 폭풍이 몰아쳐 집 안이 난장판이 되는 것은 물론, 자칫 이 건물이 파괴될 수도 있었다.

하지만 그런 위험을 감수하는 한이 있더라도 가장 중요한 것은 자신들이 차원의 벽을 넘어 제국으로 돌아가는 것이었다.

이 차원의 인간들이 아파트라고 부르는 이 건물에는 실험체 말고도 다른 인간들이 여럿 살고 있는 모양이다.

여기에서 실험체의 마나를 폭주시키고 차원의 벽을 넘으면 그 충격으로 건물이 파괴되고 수많은 사람이 죽는 참사가 벌어질 수도 있었다.

하지만 제국민이 아닌 다른 차원의 인간들 안위 따위는 카리스와 두 부하의 고려 대상이 아니었다.

중요한 것은 지금 이 자리에서 레넌 제국으로 돌아가는 것뿐.

"그럼 시작하겠습니다."

제리코가 묶인 유석을 끌고 마법진 한가운데 놓았다. 카리스가 주문을 외우기 시작하자 마법진이 희미하게 빛나기 시작했다.

신기하게도 빛은 여느 빛이 그렇듯 공중에 흩어지는 대신 레이저처럼 선으로 집중되어 천장까지 마법진의 형상으로 비쳤다.

주문이 진행되면서 마법진의 빛이 요동치며 춤을 추기 시작했다.

그러다 레이저처럼 천장을 비추던 빛은 방향을 틀어 유석의 몸으로 주입되기 시작했다.

'이 느낌은?'

빛이 주입된 순간, 유석은 낯익은 감각을 느꼈다. 예전 우리에 감금되었을 때 푸른 구름 같은 기운이 몸에 들어왔을 때와 흡사한 감각이다.

그 일로 인해 하나는 죽고 유석 본인은 엄청난 고통을 맛봐야 했다.

더군다나 제리코나 카리스가 지껄인 소리로 미루어보건대 이 감각이 유석에게 무언가 도움이 될 것이라고는 생각할 수 없었다.

"그만둬!"

몸부림을 쳤지만 유석의 몸은 마법진에 달라붙은 듯 도무지 벗어날 수가 없었다.

그러는 와중에도 마법진의 빛은 계속해서 유석의 몸에 주입되어 갔다.

시간이 지날수록 마법진의 빛은 강해져 갔고, 마침내 폭발하듯 주위를 눈부시게 가득 채웠다.

그 순간 유석은 몸 안에서 무언가가 폭발하듯 끓어오르는 느낌을 받았다.

그 느낌은 이윽고 몸이 터져 나갈 듯한 고통으로 발전했다. 유석은 눈을 부릅뜨며 비명을 내질렀다.

"으아아악!"

부릅뜬 유석의 눈이 튀어나올 듯 퉁퉁 부어올랐다. 몸의 근육도 역시나 터질 듯 팽팽하게 부풀어 올랐다. 온몸이 터질 듯한 고통에 유석의 비명은 멈출 줄을 몰랐다.

그 광경을 지켜보던 카리스는 일이 잘 되어간다고 여겼다.

이제 견디지 못한 몸이 터지면서 마나가 폭주하고, 그 거대한 힘을 이용해 순간적으로 차원의 벽을 넘는다.

말 그대로 한순간의 승부다. 이제부터는 정신을 바짝 차려야 한다.

유석의 비명 소리가 커져갈수록 느껴지는 마나의 흐름도 커져갔다.

거대한 마나의 흐름은 주변 공기에도 영향을 미쳤다. 집 안에 태풍이 몰아치는 듯 돌풍이 불고 가구가 쓰러지며 유리창이 흔들리고 깨져 나가기도 했다.

이렇게 소란을 피웠으니 이 차원의 다른 인간들도 이 장소에서 무언가 이상한 일이 벌어지고 있다는 사실을 깨달았을 것이다.

어쩌면 조만간 추격자가 등장할지도 모른다. 하지만 앞으로 몇 분만 지나면 마나가 완전히 폭주하여 카리스가 원하는 대로 될 것이다.

그러면 다 끝난다. 카리스와 제리코, 미하일은 분명 그렇게 되리라 믿었다.

"크악······!'

짐승처럼 울부짖던 유석의 목소리가 잦아들었다. 이제 남은 것은 마나의 폭주뿐인가.

그렇게 생각하던 카리스는 이어진 광경에 눈을 둥그렇게 떴다.

폭발하듯 빛나던 마법진의 빛이 어느 순간 사라지고 부풀었던 유석의 몸이 원래대로 돌아갔다.

"포, 폭주가?"

놀란 카리스의 눈에 유석의 몸을 묶고 있던 밧줄이, 거기에 입고 있던 옷까지 잿더미가 되어 휘날리는 것이 보였다.

물론 예정대로 마나의 폭주가 극에 달해 유석의 육체가 터져 나갔다면 밧줄과 옷이 가루가 되든 어떻든 신경 쓸 이유가 없다.

하지만 유석의 몸은 터지지 않았다. 거기에다 마나의 폭주도 멈췄다.

예상외의 사태에 카리스와 두 부하는 서로의 얼굴을 바라볼 뿐이었다.

"단장님, 이게 어떻게 된 일입니까?"

일이 돌아가는 것을 전혀 알지 못하는 부하들과는 달리 카리스는 대강의 상황을 파악하고 있었다.

마법진까지 그려가며 의도적으로 일으킨 마나의 폭주가 멈췄다는 것은 한 가지 사실만을 의미했다.

유석의 몸속에 주입된 마나가 안정되어 온전히 유석 본인의 것이 되었다는 것이다.

마나에 의해 육체가 변화된 것으로도 모자라 거대한 마나를 소유한 존재.

말하자면 큰 힘과 잠재력을 가진 괴물. 지금 카리스의 눈에 비치는 유석의 모습이다.

"대체 어떻게 해야……."

차원의 벽을 넘기 위한 마지막 희망이었던 유석마저 저렇게 되어버리다니. 이제부터 대체 어떻게 해야 한다는 말인가.

바로 그때, 유석이 천천히 눈을 떴다.

고개를 들어 카리스, 제리코, 미하일 세 사람을 돌아보는 유석의 눈빛은 마치 야수의 그것을 연상시켰다.

고통에 거의 사라졌던 유석의 의식도 천천히 돌아오기 시작했다.

눈앞의 세 명을 본 유석은 끓어오른 분노가 머리끝까지 폭발하는 것을 느꼈다.

하나를 그렇게 죽이고 나에게 그 고통을 안겨주었던 놈들.

그놈들이 자기 잘못을 뉘우치기는커녕 또다시 찾아와 나를 죽이려고 했다. 용서 할 수 없다.

'모두 죽여 버리겠어!'

그렇게 분노로 가득 찬 유석은 분노가 이끄는 대로 행동했다.

야수가 울부짖는 듯한 괴성을 내지르며 마침 눈앞에 있는 제리코에게 달려든 것이다.

놀란 제리코가 손을 뻗자 반투명한 막이 유석과 제리코 사이를 가로막았다. 곰이 달려드는 것도 막을 수 있는 마나 실 마법이었다.

그런데 유석의 주먹질 몇 번에 금이 가더니 발길질에 산산조각 나버렸다.

이어 마구잡이 태클로 제리코를 쓰러뜨린 유석은 그를 깔고 앉은 뒤 파운딩 자세로 주먹을 치켜들었다.

유석이 격투기 같은 것을 익힌 바 없기에 파운딩 자세 자체는 상당히 어설펐다. 하지만 유석의 괴력 앞에 제리코는 아무것도 하지 못한 채 자신을 향한 주먹을 받을 수밖에 없었다.

유석의 주먹 한 방에 제리코의 안면이 박살 나며 인사불성이 되었다.

이어 주먹이 팔에 작렬하자 팔이 부러졌고, 몸에 작렬하자 갈비뼈가 부러지고 내장이 손상되었다.

"커억!"

엄청난 충격과 고통에 제리코는 비명과 함께 피를 토해냈다.

적의 피를 보고 흥분한 유석은 더욱 마구잡이로 주먹을 내리꽂았다.

얼마나 마구잡이 공격인지 꽂히는 주먹의 절반 이상이 빗나가 죄 없는 바닥에 꽂혀 바닥이 깨져 나갔다.

하지만 그 와중에도 제리코에게 명중하는 주먹도 있었고, 그 하나하나가 제리코에게는 치명상이 되었다.

"괴, 괴물이다……."

보고 있던 미하일이 중얼거렸다. 눈앞에서 동료가 당하는데도 미하일이나 심지어 카리스마저 그만 몸이 굳어져 보고만 있었다.

그나마 빨리 정신을 차린 것은 카리스였다. 카리스의 등 뒤에 기다란 얼음창이 소환되더니 그대로 유석에게 날아가 명중했다.

뛰어난 마법사인 카리스가 소환한 얼음창은 어지간한 판금 갑옷도 관통하는 위력이 있었다.

그런데 유석의 등판에 명중한 얼음창은 유석의 뼈와 살을 꿰뚫지 못하고 그저 약간의 상처만을 남긴 채 바닥으로 떨어졌다.

"저럴 수가?"

경악한 카리스가 믿지 못하겠다는 얼굴로 중얼거렸다.

그리고 공격을 당한 유석은 눈을 부라리며 카리스를 돌아보았다.

자신을 잡아먹을 듯한 눈빛의 유석과 눈이 마주친 카리스는 처음 이 차원에 와 알 수 없는 무기들의 화력에 압도당했을 때만큼이나, 아니, 그때보다도 더한 공포를 느꼈다.

마치 야수의 앞에 선 먹잇감이 된 기분이랄까. 빨리 다른 마법을 준비해 유석을 상대해야 하는데 마법도, 하다못해 주문도 떠오르지 않았다.

"죽어!"

외치며 유석이 카리스에게 달려들었다.

그때 미하일이 카리스의 앞을 가로막으며 화염 장벽 마법을 시전했다.

카리스 앞에 선 미하일의 바로 앞에 불의 벽이 타오르기 시작했고, 유석은 돌진을 멈추지 못했다.

유석은 제 발로 불구덩이에 뛰어드는 신세가 된 것이다. 불길에 휩싸인 유석이 비명을 내질렀다.

"되었습니다! 아직 죽지는 않았으니 이제 이 녀석의 마나를 다시 폭주시켜⋯⋯."

여전히 유석을 이용할 생각을 버리지 못하고 있던 미하일의 바람은 오래가지 못했다.

불길에 휩싸인 채 달려온 유석이 미하일을 태클로 넘어뜨리더니 다시금 주먹을 휘둘러댔다.

마구잡이 주먹 몇 방에 미하일은 온몸이 부서져 인사불성 상태가 되었다.

'……!'

그렇게 부하 두 명이 모두 쓰러진 뒤에야 카리스는 간신히 냉정을 찾았다.

카리스는 무엇보다 마법 공격을 당하고도 유석이 저렇게 멀쩡히 움직인다는 것에 집중했다.

보통 사람이면 꼬치 신세가 되거나 잿더미가 되었을 마법 공격을 받고도 유석은 큰 상처를 입지 않았다.

거기에다 방금 전 분명 유석의 몸은 마법의 불길에 휩싸였는데 지금은 그 불길마저 꺼져 있다.

이것은 유석의 항마력, 곧 마법에 저항하는 힘이 엄청나다는 것을 의미했다.

항마력은 대개 그 사람의 마법 실력에 달려 있다. 마법을 익히면서 그 실력을 바탕으로 항마력도 단련하는 것이다.

하지만 마법의 마 자도 모르는 이 차원의 야만인이 항마력을 단련했을 리가 없다.

유석의 항마력은 예전의 실험, 혹은 지금의 마나 폭주로 인해 생겨났을 것이 분명했다.

이것은 유석의 상태를 대충 짐작하고 있던 카리스조차 예상하지 못한 일이었다.

"대체… 지금 무슨 일이 벌어지고 있는 거지?"

중얼거리던 카리스는 유석이 고개를 돌려 자신을 노려보는 것을 보았다.

비록 냉정은 되찾았지만 지금 자신이 이 괴물과 제대로 싸우면 어떤 결과가 나올지 승패를 장담하기는 힘들 것 같았다.

아니, 솔직히 말해 이길 가능성보다는 질 가능성이 더 많았다.

거기에다 바깥에서 심상찮은 기척이 느껴지기 시작했다. 아무래도 지금의 소란으로 인해 다른 자들이 여기에 무언가 일이 터졌다는 것을 알아차리고 행동에 나선 모양이다.

'도망가야 한다. 여기에 있어봤자 좋을 게 없다.'

그러나 카리스가 머릿속으로 계산을 마치기 무섭게 유석의 주먹이 날아왔다.

유석의 주먹이 몸을 피한 카리스의 얼굴을 스치고 지나갔다.

"크아악!"

카리스가 비명을 내질렀다. 스쳐 지나간 유석의 주먹이 하필 카리스의 한쪽 눈을 훑고 지나간 것이다.

시야의 반이 어둠에 물든 카리스의 눈에 자신의 안구 조각이 바닥에 널브러진 게 보였다.

"크으윽."

졸지에 애꾸가 되어버린 카리스였지만 머릿속은 냉정을 잃지 않았다.

이런 상처까지 입은 지금 상황에서는 더더욱 정면에서 싸우는 것은 불리하다.

결론을 내린 카리스는 창밖으로 몸을 날렸다. 닫힌 유리창이 산산조각 나며 유리조각과 카리스의 몸이 아래로 낙하했다.

마치 깃털처럼 천천히 낙하하던 카리스는 지면에 닿기도 전에 공기처럼 사라져 버렸다.

그런 카리스를 내려다보던 유석은 이곳이 아파트 7층임에도 불구하고 카리스가 그러하듯 몸을 날리려 했다. 마법 같은 것은 전혀 쓰지 못함에도 말이다.

카리스가 도중에 투명 마법으로 사라져 버리지 않았다면 정말로 뛰어내렸을 것이다.

"……"

사라진 카리스가 있던 쪽을 무심히 내려다보던 유석은 제리코와 미하일이 있는 쪽으로 시선을 돌렸다.

박살이 난 두 사람은 간신히 숨만 붙은 채 부들거리고 있었다.

유석은 괴성을 내지르며 그런 둘을 마구 짓밟기 시작했다.

"으아아악······."

"살려줘······."

비명을 지를 힘도 남아 있지 않은 둘은 그저 고통에 신음할 뿐이었다.

둘의 신음 소리가 끊어져도, 숨이 끊어져도, 뼈와 살이 한 덩이가 되어 흩어져도 유석의 발길질은 멈출 줄을 몰랐다.

그러다 제리코와 미하일 두 사람이던 존재가 완전히 산산조각 난 고깃덩이가 된 뒤에야 간신히 유석의 발길질이 멈췄다.

"허억, 허억."

빨간 페인트를 들이부은 듯 붉게 물든 바닥, 피비린내가 진동하는 공기.

유석은 그 한가운데서 거칠게 숨을 내쉬며 천천히 정신을 차렸다. 야수를 연상시키던 두 눈도 인간의 눈으로 돌아오기 시작했다.

완전히 정신을 차린 유석은 주변을 둘러보았다. 시체라고 부르기도 민망한 조각난 고깃덩이.

그리고 그 고깃덩이에서 나온 피와 육즙을 뒤집어쓰고 있는 자신.

뒤늦게 유석은 자신이 엄청난 짓을 벌였다는 사실을 자각했다. 두 사람을 정말 끔찍하게 살해해 버린 것이다.

"내가… 내가 했다고?"

스스로도 믿지 못할 일이다. 하지만 조금 전 일들은 유석의 머릿속에 생생히 남아 있다.

한 놈도 아니고 두 놈을 맨손으로 참혹하게 살해한 일이.

상대가 상대인 탓인지 죄책감 같은 것은 별로 들지 않았지만 두려움만은 피할 수가 없었다.

참혹하게 두 사람을 살해한 스스로에 대한 두려움 말이다.

스스로 만들어낸 피바다 속에서 얼마나 멍하니 있었을까. 유석은 멀리서 사이렌 소리가 다가오는 것을 들었다. 112, 혹은 119일 것이다.

상당한 소란이 있었으니 누군가 그것을 듣고 신고를 한 모양이다.

오래잖아 밝혀진 정답은 112였다. 경찰 몇 명이 모습을 드러내었다.

요란스러운 소리에 주민의 신고를 받고 단순 난동 사건쯤으로 여기고 온 경찰들은 집 안에 펼쳐진 피바다와 그 한가운데 멍하니 선 유석의 모습에 경악을 금치 못했다.

"세상에!"

"꼬, 꼼짝 마!"

경찰들이 외치자 유석은 엉겁결에 두 팔을 들어 올렸다.

유석에게 반항할 뜻이 없는 것은 명백했지만, 온몸에 피를 뒤집어쓴 유석의 무시무시한 모습에 경찰들은 권총부터 겨누고 보았다.

자신을 향한 총부리를 본 유석의 눈이 타오르기 시작했다.

총을 맞으면 죽는다는 당연한 사실을 새삼 깨달은 유석은 알아들을 수 없는 소리를 외치며 경찰들에게 달려들었다.

"머, 멈춰!"

경찰들이 외치며 겨누고 있던 총의 방아쇠를 당겼다. 그러나 제대로 조준을 하지 못한 탓에 총탄은 빗나갔다.

유석이 한 경찰의 손을 후려치자 권총을 쥔 채로 손목이 부러졌다.

비명과 함께 손목이 부러진 경찰이 나뒹구는 것과 유석이 다른 경찰들을 공격한 것은 동시였다. 그리고 그 움직임은 다른 경찰들이 덮쳐온 유석에게 다시 권총 방아쇠를 당기는 것보다 빨랐다.

잠깐 사이에 출동했던 경찰 전원이 손목이 부러진 채 나뒹구는 신세가 되어버렸다.

그들을 내려다보던 유석은 곧 몸을 돌려 집 밖으로 나갔다.

"○○ 아파트에서 살인 사건 발생. 용의자는 도주했다. 긴급 지원 바란다!"

경찰들도 정신을 차리고 지원을 요청했다. 곧 몰려온 경찰들이 주변을 수색하기 시작했지만 유석의 행방은 찾을 수 없었다.

유석은 자신의 집에서 사라졌다.

두 구의 이계인 시체를 남긴 채.

『차원정복자』 2권에 계속…

이제부터 전자책은

이젠북

www.ezenbook.co.kr

❧ 새로운 세계가 열린다! ❧

한백림 『천잠비룡포』	천중화 『그레이트 원』
좌백 『천마군림』	송진용 『몽검마도』
현대백수 『간웅』	김석진 『더블』
김정률 『아나크레온』	백연 『생사결―영정호우』
임준후 『켈베로스』	예가음 『신병이기』
진산 『화분, 용의 나라』	남운 『개방학사』

이름만 들어도 황홀할 정도의 별들의 향연!

이들의 "유료연재"가 시작됩니다!

검색창에 **이젠북** 을 쳐보세요! ▼

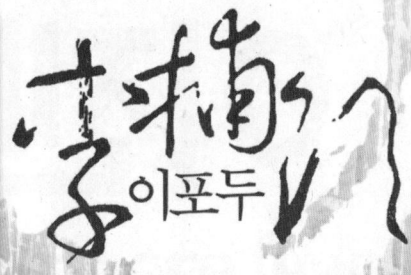

노주일 新무협 장편소설

FANTASTIC ORIENTAL HEROES

청어람이 발굴한 신인 「노주일」
그가 선사하는 즐거운 이야기!

내 나이 방년 스물셋. 대륙을 휩쓸어치는 전쟁에서
간신히 살아남아 고향으로 돌아왔다.
사실 전쟁은 이미 이기고 지는 건 문제도 아니었다.
단지 전후 협상만이 탁상공론으로 오고 갔을 뿐.
하지만 전쟁터에서는 항시 사람이 죽어 나갔다.
이유도 알지 못한 채 그냥.
그러던 차에 전후 협상처리가 되고 나서 전역했다.
그리고는 곧장 뒤도 돌아보지 않고 고향으로!

『이포두』

내 가족과 내 친구가 있는 곳으로!

Book Publishing CHUNGEORAM

유행이 아닌 자유추구 -
WWW.chungeoram.com

허담 新무협 판타지 소설

FANTASTIC ORIENTAL HEROES

수선경

水仙經

작은 샘이 바다로 모여들 듯,
만류의 법이 하나로 회귀하듯,
다섯 개의 동경이 드디어 하나로 모인다.

검을 만드는 사람과
검을 쓰는 사람,
그리고 검을 버리는 사람의 이야기!

천명을 타고 태어난 **청풍**과 **강검산**
그리고 혈로를 걸어온 살수 **타유**,
그들이 다섯 줄기의 피의 숙명과 마주한다.

Book Publishing CHUNGEORAM

유행이 아닌 자유추구 -
WWW.chungeoram.com

FANTASTIC ORIENTAL HEROES

멸문화산

고병인 新무협 판타지 소설

부모를 잃고 새로운 가족을 찾아 화산에 온 운허.
하지만 평화로운 시간은 길지 않았다.
화산의 이면에 숨겨진 암화!
운허는 화산을 살리려 매영이 되어 죽음의 길을 떠난다.
그리고 20년……
돌아온 화산은 멸문해 있었다.

천년매화 아치고절(天年梅花雅致高節)!

무너진 화산을 일으켜 세우는 운허의 일대기!

『멸문화산』

Book Publishing CHUNGEORAM

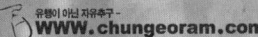
유행이 아닌 자유추구 -
WWW.chungeoram.com

면왕 백리휴

麵王經体

무진등 新무협 판타지 소설

FANTASTIC ORIENTAL HEROES

'맛있는' 무협이 펼쳐진다!

가문의 선조가 남긴 비서
'백리면요결(百里麵要訣)'
모든 이야기는 이 서책으로부터 시작되었다.

『면왕 백리휴』

면요리의 극의를 알고자 하는 자,
모두 나에게로 오라!

Book Publishing CHUNGEORAM

유행이 아닌 자유추구 -
WWW. chungeoram.com

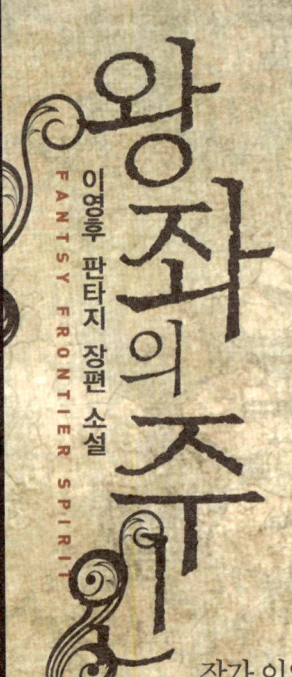

이영후 판타지 장편 소설
FANTSY FRONTIER SPIRIT

작가 이영후가 선보이는 야심작!
가슴을 떨어 울리는 판타지가 찾아온다!

『왕좌의 주인』

세계를 몰락 위기로 몰았던 이계의 절대자들
그들의 유적이 힘을 원한 자들을 불러들이고…
그 힘을 취한 어둠은 암암리에 세계를 감쌀 뿐이었다.

"세계를 구원할 것은 너뿐이구나."

어둠을 걱정한 네 영웅은 하나의 희망을 키워낸다.
이계 최강의 절대자 티엔마르.
그리고 이 모두의 힘을 이어받은 새로운 존재…
은빛의 절대자 레오!

Book Publishing CHUNGEORAM

유행이 아닌 자유추구 -
WWW.chungeoram.com

FUSION FANTASTIC STORY
버퍼
Buffer
이영균 장편 소설
사귀던 연인에게 이별 통보를 받은 어느 날,
송염을 찾아온 기이한 인연…….
『버퍼』
처음 보는 노신사와
그가 내민 소주잔… 아니 손길.
"난 그 힘을 버프라고 부른다네."
의문의 힘은 송염에게 이어지고,
"…그리고 이젠 자네가 버퍼일세."
지구 유일의 버퍼, 송염!
그 위대한 발걸음에 주목하라!
Book Publishing CHUNGEORAM
유행이 아닌 자유추구 -
www.chungeoram.com

눈매 新무협 판타지 소설

가면의 마존

『가면의 레온』『무적문주』『신필천하』의 작가
눈매 新무협 판타지 소설

『가면의 마존』

중원을 공포에 떨게 만든 희대의 악마, 혈마존.
혈마존의 혼을 잃어버린 염라계는 결국 레온의 영혼을
혈마존의 몸에 집어넣는데!

'내, 내가… 그렇게 흉악한 사람이었다니! 믿을 수가 없어!'

기억을 잃은 채 혈마존의 몸에 부활한 레온.
본성이 착한 레온은 천하의 악인이 되어
혈마교를 이끌어야 하는데……

"아무래도 여긴 나랑 안 맞아!"

Book Publishing CHUNGEORAM

유행이 아닌 자유추구 -
WWW.chungeoram.com